日和
hiyori

让阅读成为日常

# 妻子的后事

妻の終活

〔日〕坂井希久子 ◎著
吕灵芝 ◎译

湖南文艺出版社

## 目录

第一章 宣告 ………… 1

第二章 斜阳 ………… 43

第三章 独断 ………… 83

第四章 预兆 ………… 123

第五章 献身 ………… 163

第六章 傲慢 ………… 205

第七章 觉悟 ………… 245

第八章 尊严 ………… 289

最终章 忏悔 ………… 329

# 第一章

# 宣告

一

"后天能陪我去医院吗?"

妻子杏子提问时,一之濑廉太郎刚泡好澡,正垫着报纸剪脚指甲。

由于长年患有甲癣,他的脚指甲变得又厚又硬,只能用尖嘴钳形状的指甲剪来对付。杏子害怕被传染,另外买了自己用的指甲钳。他这个病跟普通脚气不一样,既不痛也不痒,就是有点难看。不过穿上鞋袜,也就看不见了。

廉太郎自己并不觉得有什么不方便,反倒是总去医院开药更麻烦,加之他很讨厌医院,于是早已决定跟这个病一辈子不离不弃。

杏子跟他生活了四十二年,不可能不知道丈夫对医院的厌恶。廉太郎推起滑落到鼻尖的老花镜,喷了一声。

"后天不是工作日吗?"

这是个初夏的夜晚,清风带着阵阵花香,穿过纱门吹了进来。杏子精心打理的蔷薇在小小的院子里开得正艳。

同样是来自庭院一角的阳荷被做成了泡菜,跟毛豆、冷豆腐一道摆在桌上,只等冰镇啤酒上桌。如果今晚广岛东洋鲤鱼队①能获胜,他就更高兴了。

今天也是个好日子,杏子却扫了他的兴。廉太郎气愤之余,用力剪掉了最顽固的大脚趾趾甲。

"因为门诊周末休息呀。"

杏子依旧坚持。她明知道丈夫的烦躁,还是只准备了下酒菜,就往矮桌对面一坐,怎么都不去拿啤酒。

"那又如何,我不能突然请假啊。"

两周前,杏子刚做完阑尾炎手术出院,后天反正只是去医院做术后检查而已。

杏子住院六天,廉太郎虽然很不情愿,但还是每天下班都去医院看她,周末还推掉了钓鱼的邀请,一

---

① 广岛东洋鲤鱼队是一支隶属日本职业棒球中央联盟的球队。

直陪在她身边。现在还要他请假陪她去做术后检查,这也太过分了。

"什么请不了假,你不是返聘的嘛。"

"哎!"

妻子意想不到的反驳让他不小心剪过了头。

廉太郎气得把指甲剪往地上一摔,报纸上的趾甲片都散落在了榻榻米上。

"工作就是工作!你才工作了几天,懂个屁!"

廉太郎今年冬天就七十了。他大学毕业后一直在同一家零食公司上班,退休后还得到了返聘。虽然工资只有以前的一半,但他还是要每周五天从春日部家中到草加①的总部工厂上班。

廉太郎八十年代在开发部搞出了一款畅销商品,年近古稀依旧被请回公司,他对此很是骄傲。

"真对不起。"

杏子早已习惯了丈夫的小孩子脾气,丝毫不为所动。她留下一句没有诚意的道歉,起身离开了。廉太郎忙着收拢满地的趾甲片,没有注意到妻子沉痛的表情。

---

① 春日部市位于埼玉县东部,草加市位于埼玉县东南部,两地相距约30公里。

发病那天，杏子忍受了一晚上的剧烈腹痛，第二天自己打车去医院，当场住院。她独自一个人办了住院手续，一个人买了手术需要的东西，住院期间还自己用医院里的投币洗衣机清洗衣服，丝毫没有依赖丈夫。廉太郎不过是在手术同意书上签了字，去看望时还被同病房的老太太骂他抖脚太吵，除此之外什么都没做。

"啊，混蛋！"

二局上半，一上来就被击中了。游击手没有接住球，三垒跑者成功回到本垒。廉太郎把报纸连同趾甲片揉成一团，扔进了垃圾箱。

"喂，我啤酒呢！"

他手也不洗就抓起了毛豆。

那一刻，他压根没想过如此隐忍的妻子为何非要他后天陪自己上医院。

二

乘坐东武伊势崎线，从春日部到草加只要二十分钟。交通方便也是廉太郎退休后同意公司返聘的理由之一。

矢田制果成立于廉太郎出生那年，在草加靠制造销售米果发展起来。廉太郎入职时，公司的主力商品还是仙贝，但是为了迎合日本人喜好的变化，公司决定脱离平民食品领域，廉太郎也由此参与了西式点心部门的创建。

他力求使自己研发的巧克力米脆品质达到礼品级别，将米脆部分改薄，还严选巧克力质量，一上市就格外火爆。直到现在，那款产品依旧是百货商店的长期畅销商品。后来还增加了草莓、抹茶、杏仁等风味，巩固了它在礼品界的地位。

"我与贵公司同龄,就像一对双生子,因此我会一辈子在这里贡献自己的力量!"

当时他在最终面试时发表了自己彻夜构思的台词,却被面试官笑话:"你知道吗?今年的应届毕业生都跟公司同龄。"他看着自己在车窗上的倒影,兀自思索:那一切仿佛昨日,转眼他已经是这把年纪了。

廉太郎高中和大学时都练过空手道,因此身子骨还很硬朗,只不过肌肉早就不如从前那样结实。那头又粗又硬、只能剪短的头发在六十五岁之后也迅速变得稀薄,已经隐约露出了头皮。不过他的钓友丸叔总是笑着说:"你这把年纪还能有头发,已经算好了。"

"您好。"

他扶着支撑座椅的银色支架站在车上,座位上的女性突然撑起了身子。

"您请坐吧。"

最近总是有人给他让座。

年轻女性穿着一身深色西装,脚上还套着高跟鞋,看着像个出来找工作的大学生。穿着一身不习惯的衣服,肯定很累吧。他身为男人,反倒应该给这样的小姑娘让座才对。不过在她眼中,廉太郎恐怕已经是祖父的年纪了。

"谢谢。"

刚开始他还会不知所措,然后仓皇拒绝,结果让座的人也不好意思再坐下去,最后被旁边的厚脸皮大妈抢去了座位。经历过几次这样的尴尬场景,他终于意识到坦然接受别人的好意才是正道。

傍晚五点,这个时间段的电车已经没有座位了,不过站着的人还不算多。车上多数是带孩子的母亲、采购归来的老夫妻,还有穿校服的高中生。退休前,他几乎很少准时下班,因此在车上看到的乘客与现在截然不同。若是临近最后一班车,所有人都筋疲力尽,甚至干脆睡了过去,几乎没有人会起来让座。

现在,除了圣诞节的商战和年尾繁忙时节,他几乎不用加班。一开始,他看到周围的年轻人都在忙碌,还很不好意思先下班。但他很快就意识到,自己在公司的职责已经跟那些一线员工不一样了。

"我希望一之濑先生能帮公司培养下一代骨干。"比他年轻了将近二十岁的社长对他这样说过。现在他总算理解了其中的意义。

只要习惯了,准时下班就变得其乐无穷。因为电车不挤，还有时间看夜间比赛，最重要的是，一回家就能泡个澡，然后享用冰啤酒。

春日部车站到了，他对让座的女性微微颔首，起身下了车。因为某部知名动画片的舞台设在春日部，车站的发车信号使用了它的片头曲。连车站招牌上都画着脸蛋长得好似矮茄子的幼儿园人物①，据说看到的人都很喜欢，但廉太郎很不喜欢。

动画片都是小孩子看的东西。用那种东西来振兴城镇，可见整个社会都很幼稚。何况那部动画片毫无教育意义，甚至缺乏节操。廉太郎虽然没有看过完整内容，但知道里面有幼儿园小朋友光屁股玩耍的画面，便认为那是一部有害作品，还百般嘱咐杏子千万不要给孩子看。

当时很多父母都提出了同样的意见，他曾经就跟同事在抽烟时互相抱怨过："我儿子最近说话很奇怪，对妈妈直呼其名。""你说那玩意儿怎么就流行起来

---

① 日本知名动漫作品《蜡笔小新》中，野原新之助一家就住在埼玉县春日部市，他们被授予春日部市"荣誉市民"称号，并担任该市的形象代言人。而春日部车站内的发车音乐正是《蜡笔小新》动画中的片头曲《オラはにんきもの》，车站内也布置了带有《蜡笔小新》元素的装饰品。

了?"

如今过了将近三十年,人们早就忘了当年的批判,还把那东西当成了城市的吉祥物。他年轻时拼命工作,好不容易在三十七岁买下房子定居,如今却觉得自己的城市渐渐受到了污染。

走出车站,外面下起了雨。从车站到家走路要二十五分钟。以前经常上夜班时可能很难想象,但他现在身体健康,只要天气不是特别坏,他都会走路回家。

今天出门前,杏子说傍晚可能有雨,让他带了一把折叠伞,鞋子也换成了人造革的皮鞋。这点小雨不算什么。

好,回家吧。

廉太郎砰地打开折叠伞,旁边恰好有个小个子的男人经过。

哦,原来我俩坐同一趟车啊。

那个人与他年纪相仿,偶尔会在回家路上碰到。他头发早就掉光了,右侧颧骨部位的皮肤上有块很大的暗沉,总是穿着一身陈旧的西装。他可能也是退休后返聘的人。

那人发现在下小雨,张着嘴抬头看向阴沉的天空。

就算没有伞,这点小雨也不至于淋湿。他没有走向公交车站和出租车上车点,而是慢悠悠地在雨中走了起来。

他家应该挺近吧。廉太郎目送着那个人的背影离去,心中道了一声"辛苦了"。

廉太郎家住春日部市内从西北流向东南的古利根川另一侧。穿过站前商店街后,周围的景致就变得格外闲适,沿河道路视野极佳。再走过一座桥,前方就是老城区的住宅区。

买房时,廉太郎看上了这一带还残留着传统的和式建筑。现在还有这么多老楼能住人,证明这一带很少遇到自然灾害。

春日部市海拔较低,几次在台风和暴雨中遭遇洪水之忧。但正如廉太郎所预料的,大水从来没有冲到他家。

"怎么样,我说的没错吧!"

他每次都会夸耀自己的眼光毒辣,但妻子和两个女儿都不怎么理睬。而他办了三十年贷款换取这座安全的城池,本来就是为了保护妻女啊。

不仅如此,长女美智子进入青春期后,还经常嫌弃廉太郎选择的纯日式住宅"太老土"。次女惠子虽然没说什么，但用自己过年得到的压岁钱买了地垫，改造了整个房间。

两个女儿早已离开了家，房子贷款也还清了，现在家里只剩他和杏子二人。原本散发着新木香气的房子已经老旧，仿佛要与白头偕老的夫妻一同老去。

他想要的东西已经不多，无非是女儿和外孙健康快乐，他们两夫妻健康长寿。虽然他从未亲口说过，但心里很感谢杏子一直以来为他提供了一个归宿。

有时深夜筋疲力尽地回到家，看见门口的橙色灯光，廉太郎就会感到心中一暖。那盏灯就像大海中的灯塔，照亮了廉太郎的栖身之处。

不知为何，那盏灯今天没有亮。

虽然还没到六点，但因为是阴雨天，周围已经很昏暗。由于年龄大了，他甚至看不清脚下的石板。

那家伙在干什么，这样很危险啊。

惯例被打破时，廉太郎首先感到的并非不安，而是烦躁。

打在伞面上的雨声越来越大。廉太郎走进大门，小心翼翼地穿过院子，来到房檐下。他实在过于气愤，连钥匙都不想掏，直接按了门铃。

家中传来微弱的铃声。他等了一会儿,没有听见应答,也没有听见走向玄关的脚步声。

怎么,难道她睡着了?

可能因为年纪大了,杏子最近很爱打盹儿。可是她一有动静就会惊醒,不可能听不见门铃。

实在没办法,廉太郎只好掏出钥匙,打开了玄关拉门。

"喂,我回来了。"

他提高音量,强调自己的存在。不仅玄关没开灯,屋里也很黑。廉太郎的叫声空荡荡地回响了片刻,就被吸进了墙柱和壁纸里。

"杏子,喂,杏子!"

他跟杏子生活了四十年,此时总算发现了异常。接着,他拉开了每个房间的隔扇,把女儿们以前住的二楼和浴室、厕所都查看了一遍,还是没找到妻子。

除了生孩子和前几天的阑尾炎手术,杏子从未把廉太郎扔在家里独自离开过。

难道她出什么事了——

手机在公文包里,包放在门口。他慌忙转身,却一脚踢到了隔扇的滑槽,痛得声音都发不出来。

"我今早不是说了要去医院吗?"

电话另一头传来好几个小男孩打闹的声音,听着就像猴子叫。但偶尔夹杂着几句:"你犯规!""搞什么啊!"可见勉强属于人类的范畴。最后话筒里甚至传出了四处跑动的声音,接着是长女美智子的一声怒吼:"吵死了!外婆在打电话!"

在一片令人头痛的喧闹中,跟他通话的杏子显得异常平静。

"今早?"

"对。我说傍晚有雨,给你递了伞之后提到的。"

他模糊地回忆起上班前的光景,也许不经意间应了一声"哦",接着不愿意承认自己忘记了,又厉声反驳:"没听到!再说了,你怎么在美智子家!"

"我给你发信息了呀。"

廉太郎之前给杏子办了一台家庭优惠套餐的智能手机,她不知何时竟用得很顺手。好像还经常跟女儿外孙他们在什么 LINE[①] 上聊天。

---

[①] 一款即时通讯软件。

与之相对，廉太郎总是应付不来触摸屏，连打字都不怎么熟练。杏子有时给他推荐一些APP，他也从来没搞懂过，又拉不下脸求教，就固执地说"我手指太粗了"。于是，智能手机在他手上成了只用来打电话的工具，其余时间都不怎么碰。

"没看见！"

"我发给你了，多少看一眼啊。"

妻子无奈的声音让他气不打一处来。原来是美智子陪她去了医院，又把她请到驹达家里，还要住上一夜。廉太郎坐在餐椅上，烦躁地抖着腿听完了妻子的说明。

"那你几点回来？"

"不回去啊，都说了要住一晚。"

"什么？那我的饭怎么办！"

"要么出去吃，要么去便利店买快餐，总能解决吧。"

你要是早点说，我回来的路上就顺便吃了。只有车站那边能找到餐饮店，便利店也有点远，而且雨已经很大了……

你要我冒着这么大的雨出去买吃的？

廉太郎忘了自己没有及时查看下午两点多发来的信息，毫不掩饰烦躁地长叹一声。

"外卖店的传单在哪里？"

"电话桌的抽屉里。"

他走到自从手机普及后就不怎么使用的固话边上，开始翻找抽屉。里面只有好几年前就倒闭的中餐店的传单。

"实在不行，家里还有冷冻乌冬。"

"我不知道怎么弄！"

"是吗？飒有天中午给我们做了月见乌冬呢。"

"什么，美智子那家伙怎么让男孩做饭！"

"他可会做饭了。"

美智子与一个叫今田哲和（读音跟"尚未有主"一样，也不知有几分是故意）的男人结婚，生下了三个孩子。大的读五年级，下面的分别是三年级和一年级，全都是儿子。长子叫飒，长得有点弱不禁风。

不行不行，男孩要有男孩样，应该搞运动！

还没等他说出口，就有一个尖厉的声音插了进来。

"外婆，外婆，还没好吗？"

听那撒娇的语气,应该是最小的息吹①。另外,老二叫凪②。

先是飒,然后是凪,最后来了个息吹。廉太郎无法理解他们起名的逻辑。

"快跟我玩马里奥赛车呀。"

"来啦来啦。孩子叫我,先挂了。"

"啊?马里奥赛车?"

他没玩过这个,但听过名字,知道是一款很受欢迎的电视游戏。记得有个出租赛车和服装让客人在公路上玩耍的公司还被厂商告了。

咱们家只有女儿,杏子应该没碰过游戏机,能陪得了息吹吗?

"喂,杏子!"

他喊了一声,但是通话已经中断了。

在美智子家过夜?怎么突然来这一出?

廉太郎猜不透妻子的想法。由于西装湿了,身体开始发冷。他想泡个热水澡,但洗澡水当然没烧好。

---

① 息吹,在日文中指呼吸、气息。
② "凪",和制汉字,即日本人在中国的汉字基础上自创的字。"凪"可读作"zhǐ",有风平浪静之意。

他拉开隔扇，走进客餐厅，对着电视机拿起了遥控器。令人气愤的是，鲤鱼队挨了个先发制人，比分落后了。

"混蛋！"

他骂了一句，突然想喝啤酒，于是站起来打开冰箱。里面只有啤酒和火腿，其他都是要加工的食材。

他不死心，又在橱柜里找了找，发现一个白桃罐头。

于是，廉太郎把外套搭在椅背上，吃了顿可怜巴巴的晚餐。

## 三

意识蒙眬中,他闻到了味噌汤的香味。寒冬的清晨,单是那股香味就能让人沉浸在幸福中。

一双手轻轻把他摇醒,接着,他又听到了还有点羞涩的声音。

"廉太郎先生,快起床,早上了。"

模糊的视野中浮现出新婚妻子杏子的脸。她的五官端正,但是不大气,可能因为眼睑略有点厚。不过,她的皮肤却像牛奶一样白皙。

"快起来,洗把脸吃饭吧。"

廉太郎起来后,杏子手脚麻利地叠好了被褥。也不知她何时起的床,脸上已经化着淡妆。蹲下的姿势让棉布裙子裹出了肉肉的臀部轮廓。

"吃完饭再洗脸。"

廉太郎伸了个懒腰，又挠了挠肚子。两人已是夫妻，不需要假正经。

"啊？"

杏子瞪大了眼睛，似乎特别吃惊，想必娘家人都是先洗脸再吃饭的吧。

他们还没完全适应彼此的生活习惯。

廉太郎顶着眼屎走进餐厅。他们住在一个带两间卧室的小公寓里，厨房附带的用餐区很小，只能塞下一张四人方桌。杏子曾说可以先买张小桌子两个人用，但廉太郎考虑到今后会有孩子，坚持要买大桌。

屋子里预先烧好了暖炉，僵硬的身体渐渐放松下来。他坐在餐桌旁等了一会儿，杏子从印着花朵的饭锅里盛了饭端给他，旁边还有一碗热腾腾的味噌汤。

煎蛋、纳豆、高汤菠菜、芜菁泡菜。味噌汤里烧的是裙带菜和麦麸。

"味噌汤的高汤有点淡吧？"

"啊，是吗？"

"嗯，就像直接用白水煮开了味噌。"

刚结婚时，杏子不太会做饭。她离开父母到东京读了一所女子大学，毕业后一直在埼玉的地方银行上班，从来没学过做家务。

"煎蛋我要半熟的，你这个筷子一戳就流出来了，还是生的。只有蛋黄周围凝固了，切成两半也不会流出来那种才叫半熟。"

"对不起，我重做吧。"

"不用了，多浪费啊。给我酱汁。"

"啊？"

"吃煎蛋要酱汁啊。"

"哦，这样啊。"

杏子难以释怀地从冰箱里拿出了斗牛犬牌酱汁。餐桌上只有酱油和胡椒盐，她可能没想到还需要酱汁。

"别在意，慢慢学会就好。"

"好。"

杏子虽然很少放声大笑，但也有个优点就是不会没事找事。他们住的廉价出租房里还没装快速热水器，水一定特别冷。她原本白皙的指尖已经冻成了南天竹果实的红色。

她这副样子着实惹人怜爱，让人恨不得将她含在嘴里。两人是相亲结婚，没有谈过火热的恋爱，但那天早晨，廉太郎暗下决心，一定要珍惜这个女人。

"喂,干净衬衫呢!"

那个空气里弥漫着灯油气味的早晨已经过去了四十多年。又是一个院子里的嫩叶在阳光下闪闪发光的清晨,廉太郎焦急万分。待机铃声停止后,不等对方说话,他就喊了起来。

"刚才最后一件衬衫的第五颗扣子掉了!"

杏子已经在美智子家待了四天。他本以为妻子只在女儿家住一晚上,可是这一住就一直没有回来。就算廉太郎再怎么迟钝,第二天之后也察觉到杏子在闹脾气了。

莫非是因为他没有陪杏子上医院?太无聊了。她又不是处处要人看护的小孩子。为这点小事离家出走,真是脑子有问题。

廉太郎与杏子从不争吵。就算双方意见相左,廉太郎也从不允许杏子反驳,因此不会发展成争吵。杏子从不坚持,向来都顺着廉太郎的意思。

结果呢?这把年纪了离家出走?要是有意见,直说不就好了,闹这种别扭做什么?

廉太郎早已是气不打一处来,丝毫没有察觉他的自相矛盾。她要闹就让她闹个够！反正等情绪平静下来，她还不是得回来低头道歉。除了这里，杏子还能去哪儿？

美智子有孩子，家里地方不大。杏子兄长继承的茨城娘家已经是他儿子一家人的住处。二女儿惠子还是单身，工作调动去了大阪，而杏子从未独自乘坐过新干线，要去投奔难度太高了。

只要他不联系，杏子肯定会越来越担心，最后只得跑回来道歉。到时候，他肯定不会当即原谅杏子，非要等她再一次道歉，才勉勉强强原谅她。

他正做着盘算，没想到一不小心打个喷嚏，把衬衫纽扣给崩掉一颗。

他一共有五件衬衫，一件杏子洗了还没熨，三件脏的都堆在洗衣篮里，所以这是最后一件了。

要是杏子在家，他也不至于沦落到一件衬衫都没有的惨境。他为何要为这种琐事发愁？还不是因为杏子跑了！

得出结论后，他再也无法忍受，拿起了手机。

"你冷静点，今天是星期六。"

"啊？"

廉太郎抬起头，看了一眼餐柜旁的挂历。杏子习惯过完一天就画个叉，那个叉还停留在四天前的星期二。

"是吗？"

"是啊，你真糊涂。"

杏子不在家，他竟然连星期几都不知道，真是太丢人了。廉太郎仗着打电话看不见人，尴尬地挠了挠脸。家里工作日的早饭都是和食，休息日则是面包。长年共同生活中自然养成的习惯一旦被打破，连时间轴都会出现偏差。

他虽然不明白杏子在闹什么脾气，不过偶尔也该让让她，把她请回来吧。

我一个人果然不行。就在廉太郎心软的那一刻，杏子冷冷地说了句话。

"而且扣子掉了有什么好大惊小怪的，再缝上不就好了？"

廉太郎震惊了。这女人见过我拿针线吗？怎么可能。他可从来没碰过。

"我怎么可能会做那个？"

"也对啊。不过现在男孩子也要上家政课了。"

"怎么，你在笑话我吗？"

不就是缝缝补补嘛,那种东西一学就会。正因为没必要,他才没做过而已。

"我怎么敢笑话你,只是有点头痛。"

"你头痛什么!"

最近杏子总爱招惹他。仔细想想,自从更年期以后,他就没有见过这样的杏子。

将近五十岁那几年,杏子变得很喜欢揪着廉太郎的话不放。

比如看电视的时候,他夸一句新人女演员好看,杏子就会阴阳怪气地说:"我既不年轻又不漂亮,真对不起你啊。"她那种自虐式的嘲讽持续了好久,有一天廉太郎终于忍不住大声质问:"你怎么回事!"杏子才坦白道:"对不起,是更年期到了。"

男人很难理解女人的更年期。曾经有个每天都带爱妻便当上班的前辈,午休时间突然跑到外面吃饭,廉太郎当时问了一句:"跟老婆吵架了?"那位前辈告诉他:"不是,家里那位更年期了。"

"她总是汗流不止,还说一起身就天旋地转,只能卧床休息。毕竟很快就不能算女人了,身体总会出点变化。"

更年期综合征是绝经前后出现的症状,那句"很快就不能算女人",着实说得很妙。

据说幼虫结茧化蝶的过程中,身体会完全化开。一个女人变成既不算男也不算女的人,身体发生一些变化也是理所当然。

不过,杏子的更年期没有夸张到需要整日卧床,看来每个人的症状都不一样。她没有经受多少身体上的病痛,而是精神方面变得十分暴躁。

想到这里,廉太郎忍不住问了一句:

"你又到更年期了?"

"怎么可能,我都多少岁了。"

杏子比廉太郎小两岁,今年六十八了。自从她变得不算女人,已经过去了二十年。这段时间已经足够一个新生儿长大成人,那她也完全有可能走进人生的下一个阶段。

不过,他好像想错了。

"我管你那么多!"

"是吗。你对我的年龄不感兴趣呀。"

廉太郎只想表达他不关心女人老后的身体变化,但杏子好像理解错了。

这家伙真是的，动不动就误会，然后一个人闹脾气，跟二十年前相比一点都没有成长。

"那当然了，年纪都跟立春吃的炒豆子一样多了，谁记得住啊。"

你不仁我不义。廉太郎撂下一句狠话，气愤地挂了电话。

挂断之后，他就后悔了。

他左手抓着手机，四下环顾比以前那个出租屋大了足足一倍的餐厨房。

如果现在有人走进来，恐怕会以为屋里遭了小偷。因为橱柜里的储备都被他翻了出来，水槽里堆满了空罐头和用过的餐具，还有残留着面汤的泡面碗。

他之前猛然意识到只要用一次性筷子就不需要洗，所以桌上也扔着几双用过的筷子。便利店的饭盒里剩了没吃完的土豆沙拉，已经渗出颜色诡异的液体。稍微走上几步，就会踩到面包的空袋子。

为了找衣服，他还把衣柜翻了个底朝天，所以和室跟厨房一样凌乱，脏衣篮已经过于饱和，衣服散落到了地上。洗澡水直接倒掉太可惜，他已经反复加热泡了三天，现在只有一点浑浊，今晚应该还能再泡一次。

家里的状态跟杏子住院那六天一模一样。她明知道会变成这个样子,怎么还不回来?

廉太郎没精打采地脱掉扣子崩了的衬衫,觉得衣服还没脏,应该不需要洗,便叠也不叠地直接扔在了起居室地板上。

# 四

天空无比蔚蓝,就像直接从软管里挤出了蓝色颜料,一股脑儿涂抹在上面。

如果这里是绘画教室,老师恐怕要过来指出错误了。每年总有这么一两天,天空会蓝得让人失去距离感。

他该如何度过这个突如其来的休息日?廉太郎已经细细地读完了家里订的报纸,再也无事可做,便决定出门散步,顺便买点东西。

干脆连午饭也一起吃了吧。如果买东西回家吃,就会制造垃圾。考虑到这点,还是在外面吃更方便。虽然有点贵,但里面毕竟包含了食材、加工、技术和善后处理的费用,算下来反而很实惠。

古利根川沿岸没有一丝遮挡,阳光特别强烈,走着走着就出了一身汗。廉太郎边走边后悔,刚才应该戴帽子出门。突然，他发现有个年轻人钻进岸边的芦苇丛，站在那里钓鱼。

毕竟是廉太郎眼中的年轻人，实际可能四十多岁了。从用的工具来看，那人应该在钓鲈鱼。他停下脚步，靠在步道的栏杆上，开始看他钓鱼。

年轻人用的鱼饵是旋转饵。金属叶片上穿着做成小鱼形状的假饵和流苏，旋转起来就能吸引鲈鱼。

这种鱼饵只要投出去，然后卷线就好。看起来虽然简单，但卷线时要讲究好几种技巧。

年轻人应该是初学者。他的钓具都挺新，鱼饵的种类也不多。目前他正在用的方法是把鱼饵放到水面之下缓缓打水，但是技术显然不够熟练，叶片不时飞出水面。

"啊，那可不行。拽的过程中要制造波纹，否则鲈鱼不会咬饵。"

他看得有点着急，忍不住说出了声。

"现在又不是日出日落时分，用打水的方法怎么能钓到。慢卷就好呀。"

日出日落时分是鱼的活跃时期，鲈鱼也会格外关注水面，因此制造波纹的打水钓法比较有效。可是想真正发挥旋转饵的实力，就要利用其下沉特性，在任意深度进行拖拽。于是，廉太郎向他提议了最基本的手法。

"烦死人了，老害。"

他一开始没理解年轻人在说什么，甚至以为自己听错了。

年轻人没有回头，一直卷着鱼线，面朝水面嘀嘀咕咕。

他是觉得老人耳背听不见，还是故意让他听见？廉太郎意识到有可能是后者，顿时用力握紧了栏杆。

以前的人都说家有一老如有一宝，现在这些年轻人竟把他们当成了"害"。也不想想究竟是谁一直在支撑这个国家的经济。无论是一派繁荣的泡沫期，还是梦想破灭的衰落期，还不都是他们在勤勤恳恳地坚持工作。他们才是经历过大起大落的前辈，这帮人怎么敢不听劝。

这个年轻人看着应该是廉太郎孩子那一辈。

混账东西。如果你真是我儿子，早就挨揍了。

他下意识地比较着自己和那个人的手腕粗细，心中破口大骂。换作二十年前，他还能打赢，可是现在身上的肌肉量还不足壮年时期的一半，着实有点靠不住。

"老了啊……"

他嘀咕了一句，随即大吃一惊。我已经是老人了吗？

他的脑力和体力当然比不上年轻时期了，可是花甲过后，他一直鼓励自己还能继续干下去，不知不觉又过了十年。现在，廉太郎的腿脚可能慢了很多，可他还在玩命奔跑啊。

他这么拼命，至少不是为了站在这里被一个小辈轻视。

那究竟是为了什么？

孩子们早就独立了。他现在一周工作五天，薪水只有退休前的一半。而且因为有工资，本来应该拿到的养老金也被扣掉了一部分。

那个只要努力就有相应回报的时代已经过去了。

可是，他的身体还能动。视力和听力虽然有所下降，但脑子还算好使。他不知道自己能活到多少岁，也许是八十，也许是九十。如果什么都不做，这个"晚年"实在太漫长了。

廉太郎松开栏杆，拖着脚步向前走了起来。每离开岸边一步，浓郁的嫩芽气味就变得淡薄一分。

他心情沉重地买了东西，又吃了顿迟来的午饭。那家直播大相扑比赛的荞麦面店做的面有点不合胃口，他总感觉没吃饱。

从车站回家的路途显得格外遥远，哪怕回去了也是独自坐在乱糟糟的屋子里。他早已习惯了一开门就说"我回来了"，现在却显得无比徒劳。

陪他钓鱼的丸叔去奥秩父山钓山女鳟了，上班时交的朋友早就退休，没什么来往了。他只能绕开刚才那个年轻人钓鱼的地方，找别的路回家去。

也许没有归宿的人并非杏子，而是廉太郎。

"啊，糟糕。"

看到自己家的黑瓦房顶时，他忍不住啧了一声。忘记买晚饭了。

掉头去便利店？那也得走十分钟。

廉太郎突然想起，几年前那场台风后，他骄傲地说："你看，大水果然没有漫过来吧。"但是杏子却小声说："我还是想离买菜的地方近点。"

那时，他被杏子扫了兴，心里特别生气，可是话说回来，杏子平时买菜都怎么办？液体调味料和大米都有一定重量,就算年轻时能拿动,老了以后呢?

他惊愕地发现,自己竟从未想过那种问题。于是,他彻底没了食欲,决定不买晚饭了。杏子说家里有冷冻乌冬,把那东西扔进开水里,浇点酱油也不是不能吃吧?

廉太郎站在玄关门前,掏出钥匙。

"嗯?"

他插了钥匙,也转了圈,却拉不开门。

难道出门时没锁?

他感到心里一凉。附近虽然治安不错,但也没有安全到可以不锁门离开。他怎么会干这种蠢事,难道开始老糊涂了吗?

廉太郎又转了一次钥匙,开门一看,整个人僵住了。

换鞋区的瓷砖地上摆着两双女鞋。

脚口装了松紧带方便穿脱的一脚蹬是杏子的鞋,另一双运动鞋他没见过。

"啊,你总算回来了!"

屋里有人听到开门声,朝这边走了过来。那个人的声音很像年轻时的杏子。

"爸,你都干什么去了。既然要出门,怎么不带手机呢?"

那是自从生下第三个孩子后,整个人像吹气球一样胖了起来的美智子。现在一看,她的脸比过年时更圆了。

"还有啊,最近天气这么热,你垃圾总得扔一下吧。刚进门时都快臭死了。"

美智子还是那么唠叨。这姑娘怎么在家里?她平时好像经常跟杏子走动,可廉太郎在家时很少见到她。

"你又胖了。"

他一边脱鞋,一边招呼道。美智子一瞪眼,发出难以置信的感叹声。

"就是这种脾气,就是这种脾气啊,爸!你怎么一见面就说这种话,太气人了!"

这姑娘很感性,而且聒噪。廉太郎不理睬她,径直走向餐厅,她却跟在后面唠叨不停。

出门时还一团糟的水槽、橱柜和餐桌都被收拾得干干净净,看起来有点陌生。

锃亮的餐桌上摆着两个茶杯,杏子坐在椅子上,朝他看了过来。

"哎,你回来啦。"

那是我的台词，你这蠢货。

廉太郎拧着嘴，只回了一声"嗯"。

"妈，你快看，爸竟然去买衬衫了。"

美智子打开廉太郎放在地上的袋子，又开始聒噪。更衣间传来了洗衣机的声音，看来他这趟是白花钱了。那件没熨的衬衫，还有崩了扣子的衬衫，应该都能马上穿。

"喝茶吗？"

"嗯。"

杏子从来不给廉太郎倒泡过的茶。她换了新茶叶，拿起凉开水壶倒上水。很快，他就闻到一股瓶装茶没有的清新香气。

"请吧。"

杏子神情淡淡地递了茶杯给他。廉太郎很想质问她为何好几天都不回来，但是话语哽在喉咙里，怎么都说不出来。他又"嗯"了一声，喝起了茶水。

"美智子，你不用带孩子？"

品味过新茶的香味后，他朝女儿扔了个比较轻松的话题。

"哲君在带。"

"难得的休息日，你却要他带孩子？太可怜了。"

"哎，你这话说的，我也是全年无休在带孩子啊。"

美智子当家庭主妇轻松得很，对丈夫的态度却很差。相比之下，杏子每逢休息日都会带女儿们出去逛公园，让廉太郎尽情睡懒觉。两者简直相差太大了。美智子在生第二个孩子前，一直都有全职工作，可她却一点都不体谅天天在外工作的丈夫。而且她竟然管堂堂一家之主叫"哲君"，太没大没小了。

种种不满郁积在心中，最后冲口而出。

"你为什么在这里？"

"啊？太没礼貌了。我当然是为了妈妈过来的呀。"

"为了你妈？"

越说越糊涂。他看了一眼杏子，只见她双手捧着茶杯，不知为何低着头。

"妈，你自己说得出口吗？"

美智子问了她一句，杏子还是一动不动。

"那就我来说吧。"

廉太郎轮番看着妻子和女儿，心里突然有种不好的预感。

"妈妈前不久不是做了阑尾手术吗？"

那还用问吗，他当然知道。可是女儿一直在等他回话，廉太郎只好点点头，"嗯"了一声。

"后来医院做了活检，发现是癌。"

"癌？"

那个瞬间，他眼前浮现出钓友丸叔黝黑的方脸。①

Gan、丸……癌？

当他意识到那个发音对应的正确汉字后，心脏猛地一颤。

"而且已经扩散到很多地方，切也切不掉了。"

美智子的声音渐渐湿润。尽管她拼命忍住了嘴唇的颤抖，眼里还是噙满了泪水。

杏子可能心疼女儿，总算抬起了头。她跟美智子不一样，目光很镇定。

"对不起。医生说我没救了。"

廉太郎陷入了混乱。他淹没在难以置信的消息中，

---

① 日语中"癌症"与此处"丸"的读音皆为"gan"。

心灵受到震撼，一阵胸闷气短，就像体检抽完血一样，眼前冒起了金星。

没救了？癌？怎么回事？等等，等等啊。

"——我怎么不知道？"

"还用说吗！"

美智子的泪水随着感情迸发了。

"因为你都没有陪妈妈去医院！"

是吗？原来杏子叫他一起去医院，是为了听检查结果吗？

"我不知道是因为那个。"

"妈妈都开口请你去了，你还不知道事态严重吗？"

"你总是这样。小学开运动会那次——"美智子的骂声已经传不进廉太郎耳中。他愣愣地看着杏子，就像第一次见到她似的。

"你要死了？"

"爸！"

美智子尖叫一声。然而杏子露出了微笑，仿佛在说"瞧瞧你的表情"。

"对，我要死了。"

"还有多久？"

"顶多只有一年。"

廉太郎即使不说话，杏子也看出了他的心思。

一年？我们也许喝不到明年的新茶了？

他从未想过这种事。他当然清楚，除非两人同时遭遇事故，否则总有一个人要先走。可是，他一直觉得应该是自己先走。因为女性一般更长寿，杏子又比他年轻。

他低头看向茶杯。可笑的是，代表幸运的茶梗竟然竖起来了[1]。那仿佛是命运的嘲笑。廉太郎站起来，倒掉了茶水。

杏子没有在意丈夫的唐突举动，依旧安静地坐着。美智子已经不管不顾地大哭起来。

"这也太突然了，太过分了。"

美智子哭得喘不过气来，断断续续地说：

"求求你，放过妈妈吧。"

---

[1] 在日本民俗中，茶梗竖起来代表好兆头。

# 第二章 斜阳

一

雨水拍打在窗玻璃上,留下一道道纹路。

上方滑落的水滴与其他水滴汇集起来,簌簌地流淌。

窗外是隅田川,对岸是丰州的高层公寓群。参差的楼房就像冰冷的墓碑。

想这个干什么,真不吉利。

廉太郎晃晃脑袋,甩掉了讨厌的联想。他在满是消毒水味的走廊等了太久,一定是脑子无聊了,才会胡思乱想。他从家里带来了填字游戏的书,可是一点都提不起兴致。

我都这样了,她一定很难受吧。

想到这里,他偷瞥了一眼旁边的妻子。杏子捧着文库本时代小说[①],正在安静地阅读。

---

[①] 时代小说是日本通俗小说的一种,是以古代事件或人物等为题材的小说。

都这种情况了,她还能认真看书啊。廉太郎偷偷观察了一会儿,发现杏子有规律地翻动着书页,似乎真的在读。

亏她能如此镇定。

大女儿美智子坐在杏子旁边,一边看手机一边抖腿,可能她自己都没发现。

不安和烦躁。廉太郎看着女儿毫不掩饰地流露出与自己一样的感情,摘下老花镜揉了揉眼角,提醒自己不要变成那个样子。

我们去别家看看吧?

得知医生认为杏子已经无药可救之后,廉太郎提了这个建议。因为仔细问过之后,他发现阑尾癌非常少见,杏子去的春日部综合医院从未处理过这种病例。

这种时候就该上东京。东京有专门治疗癌症的顶级医院,那里的病例一定更丰富。他们一定知道如何治疗杏子。

于是,他请杏子的主治医生写了介绍信,来到筑地这家国立医院。

接着,他们又等了一个多月。廉太郎一直又急又气,担心杏子的病在此期间会不断恶化。如今已是梅雨正盛的时期，万一癌细胞也像霉菌一样，疯狂侵蚀杏子的身体可怎么办？

廉太郎怎么都放不下心来，又做不了什么，所以这四十多天里，他的情绪一直很不好。杏子跟他说话，他也只会"啊"或者"嗯"。有一天上班，电车上一个不认识的女性踩了他的脚，他还大声骂道："很痛啊！"不仅如此，他还天天睡不着，经常要靠酒精助眠。

这段等待太漫长了。可是这种不清不楚的状态，总算要在今天彻底结束了。

他们从春日部坐车，花了一个多小时来到这里。医院大楼特别气派，乍一看就像高层饭店，让他心里的期待又多了几分。这里面肯定有特别厉害的医生，并且会告诉他："没关系，你夫人一定有救。"从进门到现在，他满脑子都在想象那个光景。

杏子可是我老婆，她怎么会死！她就坐在我身边啊，她满是皱纹的手还在翻着书页啊。

刚结婚那阵，杏子的手还光滑白皙，现在已经苍老了不少。廉太郎和杏子都上了年纪。可是，现在还没有到准备永别的时候。

你瞧，杏子看书都不用戴眼镜。这证明她的身体还很好。

"妈，她到了。"

美智子拍了拍杏子的肩膀，应该是手机上收到了联系。她和廉太郎正在冷战，两人之间没有对话。

"放过妈妈吧。"她竟然把亲生父亲说得好像绑架犯一样，廉太郎到现在还没原谅女儿。

"放过她是什么意思！"

那一刻，廉太郎彻底忘却了悲伤，猛地撞开椅子站起来。尽管长大以后有所收敛，但美智子的态度又让他想起了女儿冲动的性子。这个大女儿十几岁时，经常跟他吵得不可开交。

美智子坐在地上哭个不停，目光中又闪现出了叛逆期的尖锐。

"你为什么没意识到？你一直在榨取妈妈的人生啊！"

"榨取？什么榨取？你知道我为了养活这个家有多辛苦吗！"

"那你知道妈妈为了守住这个家有多辛苦吗？"

这姑娘学习不怎么好，顶嘴的功夫倒是一流。

"那算什么,那不是妻子的本分吗。"

"妻子?你是说保姆吗?"

"你说什么!"

廉太郎说完,还向她逼近了一步。因为他说不过美智子,总是会忍不住动手。哪怕现在快七十了,他也比一般女人有力气。

"你在家里什么都不做,还尽添麻烦。妈妈又不是你的保姆!"

"混账!"

他知道自己生气是因为被戳中了痛处,然而这怒火一旦上了头,就很难平息。

美智子也在气头上,看见廉太郎抬手也毫不胆怯。

"告诉你吧。其实妈妈不想结婚,想一直工作!"

不行了,已经抬起的手不可能收回,除非打在美智子满是肉的脸上。

哔哔哔哔哔!

突如其来的刺耳之声吓得他心脏几乎都停跳了。只见杏子坐在原处,拿着一个哨子起劲地吹。

"你们两个都够了。"

被她这么一惊吓,廉太郎垂下了手。他心里松了口气，但还是不服气地骂了起来："吓人好玩吗！"

"呵呵，这东西很不错吧。是息吹君送给我的，好像是什么东西的赠品。"

息吹是美智子的小儿子。那个哨子通体粉红，还印着女孩子的动画图案。明明是那小子自己不要，杏子却非说是送的，太宠他了。

"真是的，总惯着老幺。美智子，你反省反省！"

他故意叫了一声美智子，意思是刚才我太冲了，这点我反省，但你说的话也很过分，我们就算扯平了。

可是美智子气哼哼地撇开头，没有理他。

那算什么态度。

略微平息的怒火再次点燃。既然你要犯倔，那我也奉陪！

从那以后，两人就一直在冷战。

整体涂成白色的医院走廊出现了一个黑点。

黑框眼镜、黑上衣、黑裤子、黑鞋子，连留到肩膀的头发也像涂了墨水一样黑。

"惠子，这边！"

她肯定早就看到廉太郎他们了，美智子还要多余地打招呼。

走过来的是二女儿惠子。她跟大女儿截然相反,瘦得让人怀疑她到底有没有好好吃饭。看她这副模样,恐怕还没得到男人的滋润。

"不好意思,我打车过来的,结果路上堵车了。已经看过了吗?"

"没有,这边也拖了点时间。"

美智子挪到一边,让妹妹坐在母亲旁边。

他们跟惠子已经半年没见了。杏子放下书,握住早已不年轻的女儿的手。

"工作日还专门跑一趟,真是麻烦你了。你肯定很忙吧。"

"妈你就别担心了,反正我攒了一堆年假用不掉,完全不是问题。"

惠子在一家互联网公司上班,部门名称是外语,无论听多少次都记不住。

她专门从大阪赶过来,还要在家里住一夜,却只提了一个黑色通勤包。这女儿真是一点女人味都没有。

"爸,好久不见。"

"嗯,你还好吧。"

"还可以。"

尽管如此,冷静的惠子还是比唠叨的美智子好相处。

一家人凑齐后,诊室传来了喊声。"一之濑女士,请进。"

## 二

廉太郎双手搭在腿上,握紧了拳头。

呼吸难以到达肺部,令他胸口苦闷。

他没有余力观察周围,但猜测两个女儿也差不多。

面对他们的白衣男人胸牌上写着"大肠外科主任"。那么,他是这个科地位最高的人。太好了,太走运了。

然而好景不长。一家四口走进诊室落座后,这个年纪虽大(当然还是比廉太郎年轻不少),皮肤却很有光泽的大肠外科主任便轮番看着介绍信和杏子的脸,喃喃了一句:"阑尾癌啊……"

接着,他仿佛谈论天气一般,平淡地开口道:"我就老实说结论吧。凭借现在的医疗水平,恐怕很难医治一之濑女士。"

"咻——"那个尖厉的吸气声应该来自美智子。不对,也可能是廉太郎自己。

"能麻烦你先做了检查再说结论吗?"

惠子打破了凝滞的沉默。如果是半疯癫的美智子先开口,廉太郎恐怕也会忍不住扑过去揪住大肠外科主任的领口。幸好惠子在场,真是帮大忙了。

"检查?"

"PET之类的。"

"没必要。因为PET也查不出太小的病灶。"

记得PET检查好像能发现癌症初期的小病灶啊,要是连PET都查不出来,应该能治吧?

"我按顺序说明一下。"

大肠外科主任盯着介绍信,用预报"梅雨前线停滞不前"的平淡语调说了起来。

"首先,一之濑女士的阑尾癌已经到了第四阶段。详细来说,这是阑尾黏液性囊腺癌。虽然切除了原发部位,但是引发了腹膜假黏液瘤。也就是说,肿瘤细胞已经在腹腔内扩散,出现了啫喱状黏性积液。"

医生的解释太过深奥了,难道他没意识到眼前都是一群外行吗?莫非经过了简化还是很难?听到那一连串连汉字都对应不上的病名，廉太郎不禁皱起了眉。

"在出现腹膜假黏液瘤的情况下，如果是恶性，五年生存率只有百分之六点七左右。"

这个数字倒是很好懂。他想看一眼旁边的妻子，但觉得自己成了生锈的铁皮玩具，怎么都转不动脖子。让本人听这种话，会不会太过分了？他很担心，却不敢看她。

大肠外科主任没有理睬震惊的一家人，继续刚才的说明。

由于是黏液状态，外科手术无法完全切除。由于缺少目标，放射治疗也没有意义。医生平淡地侃侃而谈。

"剩下的标准治疗手段就是化疗，也就是注射抗癌药物。以前我们一直用治疗大肠癌的药物来治疗阑尾癌，但是最新研究显示，阑尾癌与大肠癌存在很大的差异，所以这种癌症的治疗尚处于研究阶段。"

换言之，抗癌药物不一定管用。

医生说我没救了。杏子当时的话又在脑中回荡。

真的吗？杏子的身体果真这么差，连国立大医院的医生也救不了吗？不说十年，就不能让她多活五年吗？

"请问。"第一个从震惊中回复过来的人是惠子。

她冷静的语调让廉太郎都感到无比可靠。

"您刚才说'标准治疗手段',莫非还有别的治疗手段吗?"

"没错,有是有。"

干得漂亮!廉太郎低调地拍了一下大腿。不愧是学习成绩最好的惠子,听得够认真。

"但是日本的医保没有覆盖那种治疗,而且我院也没有开展过。"

"你说什么?"

大肠外科主任毫不留情地挡住了好不容易出现在眼前的一线光明。廉太郎忍不住站了起来。

"你这里不是国家成立的、研究癌症的医院吗!"

"爸,别这样。"

美智子忘了他们的冷战,拽着他的袖子说。

"放开!"廉太郎一把扫开了她的手。

"因为这种癌症实在太罕见了。"

大肠外科主任可能早就习惯了患者及其家人的激动情绪,冷静地抬眼看着廉太郎。他的态度反而让廉太郎更火大了。

"没用的东西。杏子,我们走!"

说完，他转身就走。杏子喊了一句："哎，你等等呀。"然后略显狼狈地站了起来。

"医生，今天麻烦您抽时间出来，真是太感谢了。"

谢什么谢！他都已经一条腿踏在走廊上了，杏子还在磨磨蹭蹭。

"谢谢您对我实话实说。其实您也不好受吧。"

听到患者的关心，大肠外科主任总算露出了普通人的表情。那是略显沉痛的微笑。

告诉患者没有希望治愈，这对医生来说恐怕也是件痛苦的工作。然而廉太郎已经不耐烦地走了出去，没有看见他的表情。


"爸。等等啊，爸！"

最先追出来的是姐姐美智子。

他赌气地认定后面的人能跟上，就没有放慢脚步，飞快地走到了电梯门前。

这里有四台电梯，可都停在距离很远的楼层。廉太郎按了按钮，好不容易等到电梯门打开时，美智子也追了上来。

"妈，惠子！"

本来可以不理她们直接下楼，美智子非要按着开门键等后面的人赶上来。杏子和惠子一路小跑地进了电梯。

"呼。"杏子擦了一把额头，喘了口气。

"真是的，你别让妈妈跑步啊！"

狡辩。明明是美智子一直在催她们。

"好了好了，难得来一趟筑地，我们去吃寿司吧。"

廉太郎不禁愕然。医生刚刚宣告了她无药可救，她转头就要吃寿司？他瞪着妻子的背影，心中疑惑这人究竟在想什么。

"筑地市场不是搬了吗？"

"场外的市场还留着。你们都吃寿司吗？"

惠子和美智子也跟她一样，难道我家就没有心思细腻的女人吗？廉太郎站在狭窄的轿厢里，心情更烦躁了。

电梯下到一楼，不等门彻底打开，廉太郎就走了出去。出门右转是医院大门，前方是一排柜台。

廉太郎依旧没放慢脚步，斜穿过电梯厅，朝大门走去。

"你去哪啊，还没交钱呢！"

追上来的又是美智子。因为上午的门诊马上就结束了，结账柜台前排着长队。谁要等啊！

"交什么钱！检查都没做，我倒想他赔我今天的误工费和交通费！"

"等等啊，寿司呢？"

"不吃。我回去了！"

他不知道自己为何生气，可就是气得不行。如果他有超人的力量，早就把东京砸得稀巴烂了。之前听说动画片导演也参与了制作，他就没去看《新·哥斯拉》，现在说不定能看下去。

"姐，算了。钱我来交，你就让他走吧。"

这下没人拦他，廉太郎反倒有点受不了了。然而他又不能觍着脸回去，只能狠狠摘掉积了水的塑料伞套，扔进垃圾桶里。

"那你中午自己吃哦。"

杏子站在惠子身边，目送丈夫出门，还对他挥了挥手。

三

白天吃了鱼,晚上吃肉吧。

这个提议当然来自贪吃的美智子。

餐桌上摆了火锅,周围放满用来烫火锅的肉片和蔬菜。猪肉和牛肉的比例是七比三。

"除了芝麻酱和橙醋,不如再做点梅子酱吧?"

"哦,听起来很好吃啊。"

"就是把梅子肉拍成泥,加上萝卜泥和木鱼花,用酱油和味醂拌一拌。"

不愧是三个女人一台戏。原本安静的餐厨房现在充满了尖厉的笑声和餐具碰撞的声音,连夜间直播的解说都听不清了。

廉太郎盘腿坐在起居室的靠背椅上,稍微调高了电视音量。

据说哲和君建议美智子"机会难得,不如一家人好好团聚",于是她今晚也要住下来。把三个孩子扔给丈夫带,竟然还笑得出来,美智子可真不要脸。

这帮女人在筑地吃了寿司,又搭地铁去逛银座了。

"Eggs' Things 的松饼太夸张了。"

"那个生奶油的量,简直吓死人。"

"你上高中时不是能一口吃下一大碗生奶油嘛。"

"那时年轻嘛。"

她们一直在聊吃的,仿佛已经把大肠外科主任的宣告抛到了脑后。难道只有廉太郎一个人意识到了事情的严重性吗?也许两个女儿还太年轻,感觉不到死亡的压迫。

廉太郎主持过父母的葬礼,所以知道那是一种什么感觉。安置在棺木里的遗体散发着奇异的存在感,他虽然没有趴在上面痛哭,但亲眼看到骨灰时,还是产生了"斯人已逝"的感慨。

死亡就是消失。连关于逝者的记忆都会渐渐淡薄。他们的声音会被遗忘,不看照片就连长相也回忆不起来。

"准备好了,你也过来吃吧。"

医生明明告诉她只有一年好活了。可是,她为何还能如此开朗地说话?她甚至满面笑容,似乎早已接受了死亡。

"美智子做的章鱼沙拉也很好吃哦。"

"不要。"

他低下头,吸了吸鼻子,并因此错过了电视上的本垒打。

"哎,不会吧。难道你在哭?"

"我没哭!"

美智子怎么尽说多余的话!廉太郎头也不回地喊道。

"这种时候谁吃得下饭啊?你们才有问题!"

背后的吵闹声突然安静下来,只剩下火锅沸腾的声音。反倒是电视里的庆贺场面显得更加嘈杂。

"是嘛。"惠子满不在乎地说道。

"那我们就自己吃了。姐,我能烫肉吗?"

"啊,等等。你每次都烫过头。我自己来。"

"老头子,真不好意思啊。哎,你看你,肉还没烫熟呢。"

那边又热闹起来。

只要那三个人凑到一起,廉太郎就觉得自己被排挤了。廉太郎对她们的聊天内容一点都不感兴趣,也不明白她们为什么突然大笑起来。三个女人兀自打得火热,好像他这个父亲从一开始就不存在。

指尖一阵疼痛。原来他一直在摆弄食指的倒刺,一不小心扯掉了。

"可恶。"廉太郎嘀咕着,弹走了皮肤碎屑。

我一点问题都没有,是那些人太天真了。

"啊,沙拉好好吃。姐,你手艺又好了不少啊。"

"对吧对吧。我用了醋味噌浇汁,口感特别清爽。"

"上回你做的土豆沙拉也特别好吃。"

"哦,你说那个没加蛋黄酱的是吧?我家孩子都不喜欢。"

"很好吃啊,把菜谱告诉我吧。"

关于美食的话题和火锅蒸腾的热气飘进了起居室。他想起自己中午只吃了一碗冷荞麦面,然而刚才已经说了"不要",现在只能饿着肚子了。

"哦,漂亮!快跑快跑!"

广岛鲤鱼队打出了穿过三垒和游击手之间的球。二垒跑手一脚踏上三垒,朝本垒冲刺。虽然心里很不自在，但廉太郎为了展示自己的正当性和存在感，刻意拔高了音量。

人越是坐立不安，秒针走动的声音就显得越响亮。那个声音与心跳声重叠起来，在耳边挥之不去。

嘀嗒、嘀嗒、嘀嗒、嘀嗒。

时间无情地朝着没有杏子的世界前进，一点点缩短未来。

吱嘎、吱嘎，有人从二楼走了下来。廉太郎以为她要上厕所，没想到那个声音竟朝这边走了过来，还打开了餐厅门。

"哇！"

见到只亮着夜灯的房间里坐着个人，难免要吓一跳。廉太郎揉着带了酒意的眼睛，抬起头来。

"吓我一跳。你在喝酒吗？"

"哦，惠子啊。你怎么还没睡？"

"嗯，我在做演示资料，有点渴了。"

惠子没有开灯，而是径直走向水槽，拿起了倒扣在沥水篮上的杯子。这个二女儿远比美智子要明事理，让廉太郎轻松不少。

"怎么，你肚子很饿呀？"

水槽里放着他刚吃完泡面的碗。因为是袋装面，吃完了要洗碗。

"你喝什么呢？"

"纯米吟酿'雨后之月'，广岛的酒。"

"我能喝点吗？"

"喝吧，这可是好东西。"

这是廉太郎家乡的酒。开瓶后放一天最好喝。今晚正是好喝的时候。

惠子穿着不知是初中还是高中的运动服，应该是没带换洗衣服来。她拉开餐椅，坐在廉太郎对面。

"真的，好好喝。"

他还是第一次跟女儿喝酒，看来惠子很识货。她还从冰箱里拿了醪糟味噌下酒。

此时已是夜里两点，再不睡觉就要影响明天上班，可是他还需要更多酒精麻醉自己，否则怎么都睡不着。

"妈说你总是半夜喝酒，有点担心你呢。"

原来她发现了吗？不过早上起来家里多了空酒瓶，不发现也难。

"我睡不着。"

"你很害怕吧？"

远处传来了猫叫。那声音就像婴儿的哭声，让人毛骨悚然。

没错，廉太郎很害怕。如果不保持愤怒，他就无法忍耐那种脚下大地突然崩塌的恐惧。唯有酒精能够安抚他的亢奋。

"但是我觉得，妈妈应该更害怕。"

惠子意味深长地说道。她的声音比一般女人低沉，与这深夜的寂静倒十分相衬。这女儿从小就不会大呼小叫着"爸爸、爸爸"，缠着他闹个不停。

"所以，你别再不高兴了。"

她的语气并非谴责，只是在陈述事实。尽管如此，廉太郎还是想为自己找借口。

"可你们也太不紧张了。"

"谁知道妈妈还有多少机会吃好吃的呢。也不知道还能逛几次银座。所以我们想，应该趁现在让她尽兴。"

"闭嘴，别说那种话。"

廉太郎疲惫地按住额头。他不想思考杏子时日无多这件事。

"今天又不是第一次宣告。"

惠子那么坚强,看见他这副样子肯定觉得他很没出息。得知病情已经一个多月了,廉太郎还是丝毫无法接受妻子罹患晚期癌症的事实。

"其实我想趁这趟回家,跟你们商量商量今后的对策。"

可是廉太郎完全不在可以交谈的状态。女儿专程请了假从大阪赶过来,他觉得很抱歉。

"不好意思。今天在医院交了多少钱?"

"不用了。"

"那怎么行?"

"那我过后把发票给你。"

离开医院后,廉太郎也一直在生自己的气。为什么没听完医生的话就走了?他不是说还有治疗方法,只是医保不报销嘛。

他万般无奈地长叹一声。

"早知道就该听医生说完。不过医保不报销,恐怕要花很多钱吧?"

"对啊。后来我查了查,应该是这个。"

惠子从运动裤口袋里掏出了手机。智能手机真是文明的利器。廉太郎压根没想到还能上网检索。

由于房间昏暗,手机屏幕显得格外刺眼,加之老花镜不在旁边,他即使身体后仰、伸长手臂也看不清文字。

"听说整个东京只有那里能实施。"

那是一家医院的主页,他勉强能辨认出"新宿区"这几个字。

"名字叫腹腔热灌注化疗,英文是 HIPEC。我看这上面说,就是将抗癌药物混入四十二摄氏度以上的生理盐水中,清洗整个腹腔。"

惠子发现他看不清字,就简单总结了自己查到的结果。光听她这么说,好像不需要多么复杂的技术,那这为何不是普通疗法呢?

"我不知道要花多少钱,不过实施这种疗法的医院这么少,恐怕特别贵。"

"是吗?那我哪怕卖房子也要——"

"妈妈应该不同意。"

这不是事关生死的问题吗?反正夫妻两人住这么大的房子也是浪费,倒不如换个大小合适的公寓,也能减轻杏子的负担。

"我们今天吃松饼的时候聊了一下。妈说只想接受姑息治疗,尽量快乐地度过剩下的时光。"

杏子就是那种女人,一到关键时刻总能特别坚韧。

美智子还小的时候,一天夜里突然发作了热痉挛。廉太郎看到四肢僵硬,翻着白眼的女儿,顿时没了主意,只知道大喊"救护车!救护车!",但是杏子制止了他,还说:"请冷静点,三分钟就好了。"那一刻,他也深深感慨自己娶了个特别靠谱的女人。

可是,既然要豁出去,他还是希望杏子能选择尽量延长生命。这可不是三分钟就能好的热痉挛,而是未知的东西。如果接受治疗能把仅剩一年的生命延长到三年、四年,也算是有意义的吧。

不仅是惠子,恐怕还包括美智子。这些女人有种廉太郎无法企及的默契。

"让我再想想。"

考虑到杏子的身体,他必须尽快做出决定。可是现在,他连心情都没有整理好。所以,廉太郎选择了暂时逃避。

"嗯,的确很烦恼。"

惠子可能也希望母亲能多活几年。她没有谴责父亲的优柔寡断，而是仰脖喝光了杯里的酒。

"对了，明天我能带妈妈回去吗？"

"去大阪？"

话题一换，他就放松下来了。廉太郎最不擅长应付那种走投无路的场面。

"嗯，因为我从来没带她逛过大阪，而且她也快过生日了。"

这段时间一忙乱，他完全忘了这件事。六月二十四日是杏子的生日。

那家伙也一把年纪啦。

他们结婚时，杏子二十六岁。第二年生了美智子，三年后生了惠子。这两个女儿应该也不小了。

"惠子，你有对象没？"

他突然有点担心这个整天扑在工作上，到现在还单身的女儿。杏子应该也希望惠子能过上幸福的生活。

"能让你妈看到你出嫁的样子吗？"

惠子凝视着空酒杯，仿佛在底下找到了藏宝图。廉太郎想起来了，这姑娘虽然不会歇斯底里大吵大闹，可是一不顺心就会沉默不语。

秒钟走动的声音又开始挑战他的神经。惠子很能保持沉默，逼得别人坐立不安。

"去大阪，你不反对吧？"

"嗯，去吧。"

所以，当她完全忽略那个小插曲时，廉太郎反倒松了口气。他此前催过女儿好几次，每次都得到这样的待遇。

"谢谢你。我去睡了。"

惠子站起来，走到水槽边冲洗酒杯。

"今后你要自己洗碗哦。"

看来她不打算顺手洗掉廉太郎用过的碗。

自从跟杏子在一起，他就不记得自己洗过碗。可是现在妻子病了，他必须得做点事情。

"知道了，明早再洗。"

廉太郎说得很清楚，也打算这么做。

可是早上起来，泡面碗已经洗好扣在了沥水篮上，而且廉太郎丝毫没想起自己昨晚说的话。

# 四

由于睡眠不足和深夜喝酒，廉太郎感到眼睛特别肿。

他用冷水洗了脸，还用力拍了拍脸颊。

马上要出门上班了，得打起精神来。

"爸，不要独占洗手间好吗？"

他正对着镜子系领带，却听见美智子在外面嚷嚷起来。他已经很久没有一大早就跟女儿在一起了。真要说起来，美智子上学时才是那个整天霸着镜子整理仪容，怎么催都不挪窝的人。

"我走了。"

他套上西装，拎起公文包。杏子像平时一样来到门口送行。

"真对不起啊。我先做一锅咖喱再走，你回来慢慢吃。"

杏子已经梳好了头，还画了个比平时浓一点的妆，应该是很期待少有的旅行。

"我下班吃了再回来，你就别做了，好好玩吧。"

"谢谢你。我周日傍晚回来。"

今天是星期五，那就是要去三天两晚。

"不多玩几天吗？"

他忘了自己连洗衣服都不会，故作大方地问了一句。他刚才还想在惠子面前装样子，塞了几张钞票让她"好好照顾妈妈"。但是惠子拒绝了，说："这是我给妈妈的生日礼物。"

"待久了给女儿添麻烦呀。"

杏子说完，露出了寂寥的笑容。

雨还在下。廉太郎拿了人造革皮鞋，接过杏子递来的鞋拔穿好。

"路上小心。"

她的送别一如往常，今早却显得不同寻常。

从草加站步行十分钟，穿过国道四号线，就是廉太郎工作的矢田制果总部和一号工厂。二号工厂同在埼

73

玉,但是坐落在鸠谷,主要生产保质期短的鲜果点心。

廉太郎一路上跟同事打着招呼,朝工厂门口走去。负责生产准备的员工上班时间早,已经坐在叉车上搬运材料入库了。

廉太郎走进更衣间,解开领带,脱掉西装和衬衫,只留一件贴身汗衫。接着,他先扣上了白色头巾型的帽子。这种帽子可以完全覆盖头部到肩部,前面还有个小帽檐。

随后,他换上了白色工作服。上衣必须穿在头巾外面,否则无法防止头发掉落。换好衣服,他又穿上了安全鞋,最后戴上一次性口罩,关好储物柜。

工厂值班的正式工和临时工都偷眼看着廉太郎更衣。因为进场就要换工服,厂里对通勤服装没有要求。尽管如此,廉太郎还是每天早上西装革履地出现,给人一种莫名的压力。

廉太郎在商品开发部干了一辈子,四年前六十六岁时,才被调到制造部。

六十岁退休后得到返聘时,他又被分配到了商品开发部。虽然没有官职,但也可以利用退休前的人脉促进工作,还能为新商品出出主意,或是提些建议。

但是到了四五年前，廉太郎的人脉渐渐不顶用了。因为跟他相熟的联系人纷纷上了年纪，早已离开岗位，有的甚至去世了。加上廉太郎既不会用 Excel 也不会用 PPT，还在开会时一个劲地提问别人都懂的东西，于是在开发部成了不受欢迎的存在。

公司上层拿出"希望你在更轻松的环境里帮助公司培养下一代人才"这个冠冕堂皇的理由，让他当了"生产线卫生监管"。

其实公司根本没有那种职位，也不发津贴，只是考虑到廉太郎曾经干到部长级别，特意为他设了这么个位子。

就算廉太郎提出辞职，公司恐怕也不会在意。如果干下去吧，工厂这边压根不缺签短期合同的老年工。公司可能想说，你都能领养老金了，不如回家去安享晚年如何？

廉太郎还没有糊涂到体察不了那个意图，但还是一口答应了那个岗位。他坚信自己还能为社会做点贡献。

他一心扑在工作上已经四十多年，早已忘了不上班是什么感觉，也想趁自己还能动，尽量多上几天班。

职业不分贵贱，只需尽心尽力，超标准完成工作就好。

　　这是廉太郎的真实想法。然而,他直到现在还没告诉杏子自己被调到了工厂。

　　他并非瞧不起工厂的工作,只是不知该如何告诉她,公司终究是把他打入了冷宫。

　　这些年来,正因为自己工作在一线,廉太郎得到了杏子的无限支持。只要以工作为借口,他基本什么事都能得到原谅。比如没赶上两个女儿的出生。

　　由于不确定女儿究竟什么时候出生,他决定坚持工作到最后一刻,结果就成了这样。尽管如此,杏子还是从未抱怨过。

　　他之所以到现在还穿西装上班,是因为没有别的衣服。他对同事的这句说辞有一半是真的,另一半则是为了不被杏子发现。他平时都把工服拿去洗衣店,从来不带回家,所以应该还没露馅。

　　与此同时,同事则认为廉太郎穿西装上班是执着于过去的辉煌。

　　"听说是那个人开发出了巧克力米脆呢,卖得特别火。"

　　"啊,真的吗?这东西好久以前就有了吧?哇,那时我还没出生呢!"

做兼职的学生经常谈论这件事,工龄长的人一般都不参与那个话题。

即使在高龄者众多的工厂里,廉太郎也显得格格不入。

"一之濑先生,早上好。"

他正在更衣室角落里仔细给工服除尘,听见背后传来一个声音。

回头一看,只见一个同样身穿工服的细瘦男人朝他行了一礼。

"啊,厂长,早上好。"

尽管戴着口罩,他还是能看出对方满脸笑容。

这是一号工厂的厂长新田敦。在廉太郎还是商品开发部王牌的时候入职,目睹过他跟当时的厂长针锋相对,因此对廉太郎特别恭敬。

新田也走过来,拿起挂在墙上的滚轮粘除工服表面的灰尘。这个阶段主要是除去肉眼可见的灰尘颗粒,接着还要过一道风淋室,除去细小颗粒。

"昨天您夫人怎么样?"

他为了请假，跟新田说明了杏子去医院的情况。

而且，每次进入车间，他们都要填写一份预防传染病的核查表，里面包括自己和家人的健康情况，一旦被认为可能感染疾病，就不能进入车间。杏子没有得感染病，廉太郎特别直白地写了"配偶罹患恶性肿瘤"。

"哦，那不算什么。"

廉太郎努力故作开朗。真要细说的话，他可能有点期待妻子的症状慢慢减轻。

"是吗，那太好了。"

新田本来就是个和蔼可亲的人，笑眯眯的眼睛眯得更细了。

"要是有什么不方便，请您直说。我这边可以调整排班。"

"谢谢，算我欠你个人情。"

他虽然吼过杏子，说不可能突然请假不上班，可实际上，现在他十分自由。当时之所以没有请假陪她上医院，是因为廉太郎已经养成了用"工作"回避麻烦事的习惯。

他不想承认自己只能做这种随时能请假的工作，所以廉太郎请昨天的假时，也在杏子面前抱怨了很久。

"您别这么说，毕竟爱哭的孩子和生病都是没办法的事情。"

"应该叫爱哭的孩子和地头①吧。"

"哦，是吗？"

如果说生病不能应对，那是对现代医学的全盘否定。新田这人不坏，就是有点缺心眼。

"喂，站住。"

新田放好滚轮，正要去洗手，廉太郎却把他叫住了。

"肩膀上还有线头。"

"啊？哦，真的呢。"

白色工服上赫然落了黑色的线头。廉太郎的老花眼都能看见，他怎么就没看见呢？

"你是当领导的人，怎么能这样呢？你可能觉得反正要过风淋室，粗心一点无所谓，可是身为厂长，必须遵守规矩。难道你忘了吗，三十年前巧克力米脆里混了塑料片，公司召回了多少产品！"

他还记得，当时自己快气炸了。那可是他反复试验了多次，历经挫折才开发出来的商品。好不容易有

---

① 地头指的是镰仓时代负责收车粮和年贡的下级官员。全句原意是指面对不听话的孩子或者蛮横的人毫无办法。

了点忠实客户，渐渐成为主力产品了。可是正因为知名度很高，那次出事以后，媒体也闹得很大。

廉太郎眼看被自己视作孩子的产品名誉扫地，冲进工厂大骂了一通。后来分析显示，混入的塑料片原来是某个员工孩子的玩具。

"小小一根线头有可能让客人完全扫兴。你要有自觉！"

"是，真对不起。您说的对。"

"还有那边的兼职！你在干啥呢，怎么不走粘尘垫！"

廉太郎开始认真履行生产线卫生监管的职责，然而所有人都知道这只是个临时安排的头衔，因此对他的态度也不怎么上心。

也许正因为廉太郎对自家的产品特别有感情，才最适合这个头衔。

廉太郎在车间的主要工作，就是肉眼检查自动包装生产线上的单独包装袋，还有拿着粘尘滚轮每小时在员工身上滚一遍。

由于车间只能站着工作，刚开始他还有点受不了，但习惯以后就没什么了。他决定今天也要从车站走回家，坚持锻炼腰腿保持体力。

幸运的是，当他走出那座充满讨厌动画角色的车站时，雨总算停了。近来白昼渐渐变长，天色还比较亮。

"对了，我得找个地方吃了饭再回家。"

他自言自语的音量有点大，让碰巧路过的高中生吓了一跳。不好不好，年纪一大就管不住嘴。

杏子正在大阪玩得高兴吧。光吃章鱼烧和御好烧这些不习惯的东西，会不会对身体造成负担啊？

"谁知道妈妈还有多少机会吃好吃的呢。"

廉太郎想起惠子昨晚说的话，连忙摇起了头。工作时还能稍微分点心，可是一旦下了班，他就变得格外不安。他一点都不想思考今后的事情。

他心情阴郁地走出雨后放晴的车站。十字路口对面有个熟悉的背影。

一个人脚步散漫地走在归途之上。他就是那位不知姓名，却被廉太郎认作同盟的仁兄。

好久不见了。

廉太郎嘴角勾起一丝微笑。

也许那个人也签了短期合同，跟廉太郎一样甘于远远不及退休之前的境遇。尽管如此，他们依旧西装笔挺，奋战在职场上。虽然两人从未说过话，但只要看见他，廉太郎就会充满斗志。

"啊，找到了找到了。爷爷！"

背后传来一个中年女人嘹亮的声音。发出声音的人拉着一个二十几岁的年轻女人，朝着廉太郎追了过来。

"真是的，稍微不注意就跑开了！"

中年女人一拽，那位仁兄跟跄了几步。女人应该是他的儿媳或女儿，但他只是呆呆地张着嘴，似乎认不出对方。

"怎么回事啊。我好不容易回来一趟，爷爷都痴呆了。"

"你这孩子怎么说话的！爷爷现在还觉得自己是公司高管，一不小心就跑出来'上班'了。"

"怎么不把西装藏起来？"

"藏起来他也能找到，要是找不到就发脾气。"

"那可真麻烦。爷爷，我们回家啦！"

老人好像完全搞不清状况。只见他被两个女人一左一右夹在中间，摇摇晃晃地带走了。

廉太郎停下了脚步。东边的天空有点泛蓝，月亮还没出来。他愣愣地看着那个方向，目送"同盟"离开。

# 第三章

# 独断

一

551蓬莱的肉包、点天的迷你饺子、御好烧仙贝、大阪往来馆的中之岛脆饼干、千岛屋宗家的酱油烤小饼。

廉太郎看着一样一样堆在餐桌上的特产,忍住了苦笑。

提这么多肯定很重吧,可是杏子没有一点疲态,高高兴兴地掏出了包里的东西。

"还有比利肯①的人形烧,这个在新世界那一带卖得可火了。那里特别多外国人,都在排队爬通天阁呢。跟电视上看到的一样,满大街都是炸串店,外皮特别酥脆。还有一家叫'味美'的拉面,真的很好吃。虽然用的是鸡汤。"

---

① 比利肯,1909年从美国传入日本的尖头裸体福神。

杏子的声音比平时尖了很多。可能因为平时不怎么出门旅行,这次玩得特别开心。

她滔滔不绝地谈论道顿堀的热闹,章鱼烧的美味,天神桥筋商店街真的能买到豹纹衣服,鱿鱼烧竟然不是鱿鱼的样子,她们还在黑门市场边走边逛。平时明明不怎么说话的她,此时变得特别兴奋。

"这是一个叫'绢笠'的和式点心店卖的'蜻蝶',是蒸米饭呢。晚上要不要吃?保质期就到今天,你也试试吧。"

"怎么还有啊。"

他接过三角形竹叶包裹的小吃和一次性筷子,最后还是露出了苦笑。

而且怎么一直在说吃的?廉太郎从未想过妻子是个嘴馋的人,看来美食之城着实可怕。

杏子跟惠子去大阪玩了一圈,星期天傍晚便按照预定回来了。廉太郎嘴上说"怎么不多玩几天",其实内心还是松了口气。自从她上次离家出走,廉太郎不想再面对妻子无缘无故不回家的情况了。

因为杏子走前做了些准备,家里虽然堆了很多脏衣服,但也还算整齐干净。无非是起居室角落里放着攒了三天的报纸，餐厅椅子上搭着他脱下来的外套和领带。杏子一回来就手脚利落地收拾干净了，还给他用汤冷子①泡了煎茶。

"你买太多了吧，两个人能吃完吗？"

"谁说这都是咱们吃的？当然要送给左右邻居啊。"

唉……廉太郎耸了耸肩。

这一带有很多独栋的老房子，邻居关系也很紧密。只要出门买东西就会被人叫住，走到哪儿都有邻居主动聊天。廉太郎每次看到那些光景，总会暗中冷笑。女人真喜欢费时间干这种无聊的事。

"平时总是拿别人的，太不好意思了。这回总算能回礼啦。"

那些家庭主妇很喜欢借送礼炫耀自己去了新加坡、去了美国夏威夷、去了法国。廉太郎自然觉得没必要在这种地方暗中较劲，只可惜世上哪儿都有爱慕虚荣之人。

"还是别给吧。大阪的特产又比不过人家。"

他一边打开蜻蜓的竹叶，一边泼冷水道。杏子听

---

① 汤冷子是一种用来冷却开水用的茶器，类似分茶器。

了，惊讶地瞪大眼睛。

"哎，原来你会在意这些呀？我看你平时毫不关心，只知道吃，还以为你从来不想这方面的事情呢。"

原来杏子没有受到女人之间攀比的影响，而是他被影响了。廉太郎感到耳朵发烫，连忙换了个话题。

"我只是怕你丢人——"

"去大阪找女儿玩很丢人吗？"

"不是那个意思。"

杏子这个女人操持家务和维持邻里关系都没什么问题，唯独不怎么关心面子。

他一方面觉得这样大大方方的挺好，一方面又好似无法沟通，有些烦躁。

于是，廉太郎夹起一块糯得筷子都分不开的蒸米饭，塞进了嘴里。

这东西不过是加了一点盐渍昆布和大豆，放了两颗脆生生的酸梅，吃一口就嫌饱，恐怕很难消化掉。

"我也尝尝。"

杏子应该在大阪吃过了，兴许是很喜欢，此时也打开了包装。由于保质期短，无法远距离订购，这东西应该非常难得。虽然味道很简单,但的确很好吃。

"惠子在那边过得好吗?"

一直不说话难免会让气氛过于沉重,于是他找到了两人都关心的话题。这个小女儿格外独立,调去大阪后一个人看了房子,一个人办了搬迁手续,所以他不知道女儿住在什么样的地方。

"还不错。她工作好像很忙,不过伴侣很会做饭,每天都给她做好吃的。"

啪嚓。由于力道过猛,一次性筷子折了。

"哎呀,你真是的。"杏子站起来去拿新筷子。

在此之前,廉太郎好不容易挤出了声音。

"她有啊?"

"嗯?"

"她有对象?"

"对啊,两人住在一起。"

"这样啊。"

他长叹一声,不知是气愤还是放心。

既然有对象,前几天他问起的时候怎么不说呢?他也许会觉得婚前同居这个顺序不对,但惠子今年也三十八岁了,总比什么都没有要好。

她对象几岁？干什么工作？人怎么样？在一起多久了？他脑子里有太多问题，但最先冲口而出的，却是女儿被拐走的父亲的不甘。

"很会做饭？怎么跟个女人似的。"

"对方就是女性啊。"

听到这个超出理解范畴的信息，他的大脑似乎为了自保暂时死机了。廉太郎莫名其妙地挑着眉，歪头看向杏子。

"她托我告诉你，'没法让爸爸看到我出嫁的样子了'。"

女儿的对象是……女人？那么说，她们俩都是女人？

"瞎胡闹！"

他猛拍桌子站了起来。折断的筷子落在脚下，可廉太郎早已顾不上注意那些。

"别这么大声呀。"

杏子按着太阳穴摇起了头，似乎被震到了。

"这种情况怎么保持冷静！你早就知道了吗？"

"不知道。惠子约我去大阪的时候，才第一次告诉我。"

"那惠子不就是蕾、蕾、蕾、蕾——"

"请你别说了。"

难以置信。廉太郎当然知道世界上存在那种人,但一直认为那种事与他无关。万万没想到,自己的女儿竟是那种人。

"她一直都这样吗?"

"不知道,我也没仔细问。"

"为什么不问?还不是你没教好!"

他边说边拍桌子。

他想起了成人仪式穿的振袖和服。大女儿美智子怎么都不愿租和服,非要做新的。虽然做和服很贵,但考虑到今后惠子也能用,家里就给她做了件新的。可是轮到惠子时,那姑娘却说要穿裤装西服。廉太郎说家里有礼服,再买新的太浪费了,可女儿就是不听劝。

仔细想想,惠子到了一定年龄,除了校服以外好像就没穿过别的裙子。从什么时候开始,她再也不穿美智子的旧衣服了?莫非那时她就已经喜欢上女人了?

杏子面色苍白地坐着,一言不发。

女儿们经历叛逆期时,只要跟廉太郎顶嘴,他都会转头就骂杏子"没教好"。杏子每次都顺从地道歉,可是这次却什么都不说。

廉太郎没有台阶下,音量提得更高了。

"电话!去给惠子打电话!我不准她这样!"

尽管如此,杏子还是低头不语,甚至屏住了呼吸。

"喂!"

此时此刻,他终于发觉妻子有点奇怪。再仔细一看,她额头上还冒起了汗。

"怎么了!"

廉太郎开口的同时,杏子也歪倒在一旁,捂着肚子艰难地呼吸。

"肚子痛。"

"吃多了吧?"

廉太郎不知如何是好,便抄起喝了一半的茶水递给她。杏子老实地喝了一口,却突然捂住了嘴。

她可能觉得来不及跑到厕所,直接跑进厨房扶住了水槽边缘。廉太郎小心翼翼地轻抚她的背部,听着她发出一阵又一阵痛苦的喘息。

"杏子,你怎么了?杏子!"

杏子正忙着呕吐,脸上还带着泪水,没办法回答他。

"救护车,救护车!"

他大喊着环视四周，突然感到无比惊骇。平时他只需要动动嘴，妻子就会替他做事。现在杏子成了这个状态，只能靠他自己了。

"电话，电话。"

他慌忙跑向座机，却被拉住了衣角。只见杏子大口喘着气，拉着他不放手。

"没什么，不需要叫救护车。"

"可是你都满头大汗了。"

不然就叫出租车送去医院吧。因为杏子没有驾照，他又不怎么开车，家里的车早就卖掉了。

"吐完舒服多了，也许就是吃多了。"

杏子漱了漱口，然后直起身子，脸色还是很差。不过她勉强露出了微笑，廉太郎见状也就放心了一些。

"真的不用去医院？"

"先观察一个晚上，如果明天还痛就去。"

"这样啊。"

下水口堵住了，水槽里积着一池难以形容的液体。廉太郎忍不住皱起眉，杏子已经开始处理滤渣网。

"挺脏的，你就别看了。"

"哦。"

"不好意思,我先休息了。"

"知道了,别勉强自己。"

剧烈的心跳尚未平息,惠子和她对象的事情早已被他抛到了脑后。

廉太郎呆站着,目送妻子脚步发虚地走向厕所。

二

看来忍耐力强也不完全算是优点。

廉太郎愣愣地看着鼻子插了管,躺在病床上熟睡的妻子。

病房的四张床上都躺着女人,坐在这里好不自在。他只希望杏子能早点醒来,却也不能推醒她。实在没办法,廉太郎只好放下公文包,拿起一张访客用的折叠椅撑开。

星期日傍晚,杏子出现腹痛症状,当晚几乎没能合眼。廉太郎睡在旁边,也被她的呻吟声惊醒了好几次。早上起床时,他发现杏子为了不吵醒他,已经睡到了起居室,而且腹部异常鼓胀。

杏子提不起食欲,连喝水都吐,吐出来的还都是绿水,可见情况非常不妙。廉太郎不顾杏子让他上班的主张，陪她去了医院。

结果是肠梗阻。

堆积在腹腔里的黏液压迫肠壁，增加了梗阻的概率。这段时间需要断水断食。因为水都不能喝，只能靠打点滴摄取营养，所以杏子当天就住院了。

插在鼻子上的管子一直通到小肠。医生试图用这种方式吸出内容物，为扩张的肠道减压。这种管子叫作肠梗阻导管，插进去好像特别痛。

不仅是插入的时候，插入后摩擦到鼻腔和喉咙也会很痛。哪怕是咽唾沫，甚至稍微动一动脑袋也特别痛，导致杏子一直睡不了整觉。

她已经住院四天了，到现在都离不开那根导管，真是可怜。

"小哥，小哥啊。"

廉太郎听见有人轻声呼唤，便抬起了头。只见对面床那位宛如干香菇一样的老太婆正在对他招手。她看起来可能九十多了，廉太郎在她面前的确还是个小哥。

他走过去，以为老太婆有事要找他帮忙，没想到竟被塞了几个铜锣烧。

"你吃吧，还有你太太那份。"

"哦,内人现在吃不了,但您的心意我收下了。"

"别客气。拿去,拿去。"

老太婆恐怕不明白什么叫断水断食。廉太郎实在没办法,只好低头道谢,接了过来。

身在医院,就要被迫跟陌生人保持很近的距离,令人烦恼。

他坐回椅子上,发现杏子睁开了眼。因为嗓子痛,说不了很多话,她只用沙哑的声音说了一句:"每天都劳烦你过来,真对不起。"接着,她注意到廉太郎手上的铜锣烧,默默转开了目光。

虽然打点滴能维持营养,但吃不了东西还是很痛苦。廉太郎不禁感叹,吃这种行为其实成立在五感的快乐之上。

再过不久便是病房的晚饭时间,杏子当然没有饭吃,只能痛苦地闻着饭菜的香味。这时电视上开始播放料理节目,她平时都会认认真真地记笔记,今天却急匆匆地换了台。

即便拔了导管恢复饮食,为了预防肠梗阻再次发作,杏子今后也无法敞开肚子吃了。所有不好消化的肥腻食物、膳食纤维过多的食物,以及甜味、酸味和咸味过重的食物都要少吃。甚至普遍认为对身体有益的牛蒡、菌菇、海藻类也都因为膳食纤维过多而被列入了控制饮食的列表里。

"没想到我的身体这么快就不能吃好吃的了。"

他推着杏子到治疗室插管时,听见她失落地嘀咕道。

也许她早就料到会变成这样,所以才会这么高兴地跟他讲自己吃了什么,有多好吃。

"还不是你在大阪太放纵了。"

妻子的身体正在一点一点走向终结。可廉太郎依旧想把这个状况归结为杏子的不小心,归结为单纯的吃多了。

"是啊。"杏子无力地微笑起来,随后抬起苍白的脸,注视着廉太郎。

"这件事请你别告诉惠子,不然她一定会很内疚。"

从两人在相亲时碰面,廉太郎就从未觉得杏子有多么美丽。现在比起年轻的时候,她更是形销骨立,满脸皱纹。可是这一刻,廉太郎突然觉得,她好像已经洗褪了俗世凡尘,变得无比美丽。

与以往相比，看见自己吃不了的铜锣烧就转开目光，假装"我没看见"的杏子，反倒更有人情味。毕竟欲望才是人的原动力。

"想吃吗？"

他故意问了一句。杏子依旧背着脸，拿起了枕边的笔记本。因为说话难受，她备着这个用于笔谈。

"我要擦脸，去拧毛巾！"

短短一句话，她应该能说出口，却故意用笔写下来，恐怕是因为生气了。不可思议的是，杏子的话语变成文字后，反倒更容易传达情绪。

廉太郎将铜锣烧放进包里，站了起来。

床头柜上放着一块折叠整齐的印花毛巾，好像是昨天白天美智子来探病时留下的东西。他跟杏子约好了不告诉惠子，可是廉太郎一不小心连美智子都忘了通知，结果被女儿隔着电话骂了一通。

最近，为了降低感染风险，很多医院都禁止携带鲜花来探病，这家医院便是其中之一。杏子那么喜欢花，肯定很不高兴吧。不仅饭没的吃，连花都没的看，也难怪她会心情低落。

他打湿毛巾正要走回病房，发现配餐车已经出现在走廊上，准备给病房配餐了。

今晚的普通餐是炖牛肉。现在跟以前不同，连医院的饭菜都很不错了。

他超过餐车走进病房，第一个动作就是拉上杏子的床帘。虽然挡不住气味，但这样她就无须眼睁睁地看着室友用餐了。不过，就在他离开的那一小段时间里，杏子又睡了过去。

她昨晚一定没怎么睡吧。杏子微微张着嘴，发出细细的鼾声，让廉太郎莫名感到心安。至少，她还活着。

他坐在椅子上，静静地看着妻子的睡脸。看来她今年要在医院里过生日了。不过以往妻子过生日，他好像也没特别做过什么。

廉太郎放下毛巾，百无聊赖地拿起了笔谈的本子。

"下雨了还麻烦你来，真对不起。孩子怎么样？"

这一页他没看见过，应该是与美智子的交谈。后面还有好几页，谈话的量已经超过了每天下班都过来的廉太郎。

"你肯定很担心吧。医生说不需要做手术，就是这根管子很烦人。"

"今后我打算按照主治医生的建议，用口服抗癌药物和保守治疗。"

"你爸爸一直想用医保不报销的那种疗法，但是医生不推荐。"

"抗癌药剂只能延长寿命，无法根治啊。"

"我真是太讨厌肠梗阻了。如果 bōsàn 变小一点，应该不太容易复发吧。"

"当然要将生活质量放在第一位呀！"

虽然只是潦草的圆珠笔字迹，杏子的字还是很漂亮。她好像写不出"播散"两个字，不过廉太郎也想了好久才想起来。

为何在这种时候，她还能用写问候信的字迹探讨自己死期将至的事实呢？他从文字中看不出一丝苦恼和纠结，甚至怀疑杏子一点都不害怕死亡。

跟主治医生谈话时，杏子也很冷静。

早在他们坐上出租车那一刻，杏子就掌握了主动权，向司机说明了目的地。那是她接受阑尾炎手术（虽然最后证实并没有那么简单）的医院，而且杏子已经决定让当时主刀的医生担任她的主治医生。

"年轻医生愿意仔细听患者的话。"

正如杏子所说,这次住院后,那位主治医生不仅早上会来巡视,而且只要一有时间就会到病房来探望她。那人三十多岁,还长着一张刚从医学院毕业的稚嫩的脸,但是在老年女性患者中间格外受欢迎。

不过,廉太郎还是觉得他有点靠不住。关心患者这种事,院里的护士和护工都能做。那个医生姓佐藤,而廉太郎则在心中管他叫"小天真"。

那个"小天真"听到廉太郎提起超出医保范围的治疗,露出了为难的神色。他似乎知道有这么个东西,很快就回答:"您是说 HIPEC 对吧。"廉太郎早已忘了那是什么东西的缩写。

"如果患者本人有强烈意愿也就算了,否则我肯定不会推荐。因为那种疗法有可能引起严重的并发症,当然也很花钱。另外,做这个疗法还要完全切除腹膜,一之濑女士的播散范围那么大——"

没用的,请放弃吧,很难成功。"小天真"把后面那些负面词汇都咽了回去。总之他想说,就算花很多钱做那种非医保的治疗,也得不到什么效果,甚至有可能恶化。

听完"小天真"的解释,杏子毫不犹豫地写下了一句话。

"我不想做那种治疗，只想稍微延长寿命，轻松地度过余生。医生，拜托你了。"

廉太郎翻开那一页，指尖滑过"余生"二字，停了下来。

他隐约想起了古典落语里的《死神》。一个男人因为贪图金钱而欺骗了死神，最后被带进一个洞窟，看到众多代表人类寿命的蜡烛。

杏子那根蜡烛恐怕已经变得很短，快要燃尽了吧？他真希望自己能把杏子的火苗转移到新的蜡烛上。

咔嗒——门口传来声音，廉太郎抬起了头。原来是餐车推过来了。进出的人一下多了起来，空气中飘来炖牛肉的浓郁香味，让他也感到肚子饿了。

他察觉到视线，便转过头去。杏子不知何时醒了过来，面无表情地看着廉太郎。

## 三

住院第八天,廉太郎的衬衫用完了。

他一早就知道会这样,完全可以趁周末出去多买一些,也可以送去洗衣店清洗。

但是,廉太郎什么都没做。

"早上好。"

临近七月,梅雨季节快要结束了。每个电视台都预报这是今年最热的一天,并提醒人们预防中暑。

廉太郎用手帕擦掉汗水,对前面纷纷走进总部大楼的员工打了声招呼。

"啊,早上……好。"

一个男员工转过头来,顿时隐藏不住脸上的惊愕。那是廉太郎调去工厂之后入职的年轻人。

都出来工作几年了,本应练就处变不惊的扑克脸,可是那个年轻人竟毫不遮掩地上下打量着他。真没用，还是太缺乏锻炼了。

"早上好，早上好。嗯，早上好。"

他一路上跟人打着招呼，走进了工厂。每个人见到廉太郎都会瞪大眼睛愣在原地，开叉车的生产准备员差点弄掉了货物。

原本吵吵闹闹的更衣间也瞬间陷入了静寂。声浪一分为二，廉太郎好似摩西一般走向自己的储物柜，开始换衣服。

他今早出门时，还觉得没有外套和领带舒服了不少，可是来到这里，身上的POLO衫已经浸透了汗水。打底的汗衫黏在皮肤上，他正忙着后悔没有带干净衣服来，却被人拍了一下赤裸的肩膀。

"早上好。您今天这是怎么了？好休闲啊。"

是厂长新田。其他员工也都看着他，跟旁边的同事嘀嘀咕咕。想必新田是代表所有人过来确认情况了。

"嗯，天气太热了。"

"是啊，天气是挺热。"

廉太郎调到工厂整整四年，经历过不少比今天还热的日子。新田这句话说得很含糊，似乎难以释怀。

看来这些人都很爱琢磨别人的事情。

这也证明，廉太郎穿西装上班有多么格格不入。

让这么多人受惊，他固然有点不好意思，但也没义务做解释。就让他们觉得自己终于败给了炎热有何不可？

廉太郎自己也很难说清，为何突然不再穿西装了。

衬衫用完不过是一个契机。他穿西装上班本来就是为了瞒过妻子的眼睛。可是他真正想欺瞒的，也许是自己。

我还能工作。我还是公司需要的人才。如此纠结于现役时期的价值观，最后能得到什么呢？

从未出现过的疑问，如今却像石灰一般紧紧吸附在心中，甩也甩不掉。

他想到了春日部车站门口那位穿西装的老人。他可能早年丧妻，跟女儿或儿媳一家同住。廉太郎一度把他当成盟友，并且在得知他患有认知障碍后，又对他亲近了几分。

因为廉太郎也跟他一样，一直活在过去的记忆中。领导团队获得成果，受到部下敬仰。他始终无法抛下以前那个一之濑廉太郎。可是，已经没有人要求他那样努力了。

那天,那位仁兄就像个遭到捕获的外星人,被一左一右"挟持"着离开了。在廉太郎心中,他的背影胜过了千言万语。

我什么时候变成这样了?除了工作被认可的快乐,我还有其他快乐吗?

镜中那个生气勃勃、充满自信的男人早已消失无踪。现在的他皱纹多了,头发少了,饱满的颊肉消瘦下来,只剩下颧骨依旧坚挺。那已经是年近七十的一之濑廉太郎。时间抛下了廉太郎心中的火焰,坚定而冷漠地不断前行。

很快,时间还会从他身边夺走杏子。

看到"余生"二字时,廉太郎感到脊背生寒。他不知该如何是好,但深刻意识到现在这样不行。

他无法替杏子重燃生命的烛火,但至少可以陪伴她、支撑她对抗病魔。

家里只有他一个人,考虑的时间十分充分。于是,廉太郎做出了决定。

他换好工服,关上储物柜。彼时人们已经不再关注廉太郎了。

新田也戴好了口罩，正要走向粘尘滚轮的区域。员工们对廉太郎的兴趣也不过如此。

"厂长。"

听见廉太郎的声音，新田有点不情愿地回过头，以为他又要唠叨自己。

"待会儿我有话跟你说。"

新田听了更是摸不着头脑，只好点点头回答："哦，好吧。"

汗水浸透的 POLO 衫在柜子里荫干了，凑近一闻有股酸臭的味道。

廉太郎觉得这点味道还可以忍受，并没有注意到同乘电梯的女性表情突然阴沉下来。

他来到五楼普通病房。因为到达时间比平时晚了一些，餐车已经在回收餐具。

廉太郎之所以来晚，是因为下班后跟新田谈了一会儿。探病时间到晚上八点结束，现在还不算太晚，可他还是加快了脚步。

他要找的病床在四人间右侧靠里的位置。他进门后跟同病房的女患者点头打了声招呼，然后看见杏子一脸高兴地坐在床上。

她身前摆着一张矮桌,上面还有餐具。再看杏子,她鼻子上那根讨厌的导管已经拔掉了。

"哦!"廉太郎的表情也明亮起来。原来杏子早上就拔了管,到了晚上总算能进食了。虽然只是稀粥,可好歹是吃到嘴里的东西,所以杏子的脸色也好了一些。

医生打算一点点给她增加米量,如果没问题,周末就能出院了。廉太郎拉出椅子坐下,反复说了好几次"太好了"。

"你先回家了吗?"

被杏子这么一问,他低头看了一眼自己。肯定是因为他穿了POLO衫吧。

"没有。这叫清凉商务。"

"哦,你还挺时髦啊。"

杏子发出了久违的笑声。她的声音有些沙哑,可能声带还没恢复。但是看起来没有疼痛。

"不吃饭是很痛苦,可是最痛苦的还是不能自由说话啊。我本来还以为自己话不多呢。"

"你说什么呢。美智子和惠子在的时候,你就没停下来过。而且你跟邻居也很能聊。"

"哦,是吗?"

仔细想想,杏子好像只有跟廉太郎在一起的时候才不怎么说话。四十多年的夫妻大体如此,就算不说话,也能理解对方的意思。

"说到惠子,谢谢你帮我隐瞒住院的事情。"

"嗯。你啊,就是太爱操心了。"

"因为我很高兴呀。"

护工过来收走了空碗。杏子彬彬有礼地说了一句"谢谢你",然后继续道:"那孩子可能特别烦恼,不知道该不该提起对象的事情。不过我都被医生说时日无多了,她本来没必要这么烦恼。"

廉太郎想起了杏子发作前的对话。他当然没有忘记,只是觉得现在应付不过来,暂时放到了一边。冷静思考过后,廉太郎意识到,就算他坚决不同意,惠子也不会听。

"然而惠子还是说,想让我见见她深爱的人,还跟对象一起带我逛大阪。那姑娘真的很细心,是个很棒的女性。她们的关系也很亲密。惠子肯定想告诉我,她有那个伴侣在,我不用担心。"

杏子眼中泛起了泪光。廉太郎一直觉得惠子不是那种体贴的孩子，不过他那两个女儿对父亲和母亲的态度截然不同。

"所以我一点都不想让她后悔。本来惠子就是那种很容易自责的人。"

真的吗？廉太郎反倒觉得惠子脸皮很厚。

"你不觉得恶心吗？"

"恶心什么？"

"女人跟女人啊。"

廉太郎怕被别人听见，刻意压低了声音。

"你为什么会觉得自己的女儿恶心呢？"

被她这么一问，廉太郎无言以对了。他并不觉得惠子恶心。只不过，这个女儿的确不正常。

"你不想看见惠子的孩子吗？"

"要是能看见当然很好，可是那孩子的幸福不是这个。再说我已经有三个外孙，足够了。"

"她现在幸福，今后也没法结婚啊。万一有点什么小事就分手了，她到最后还不是孤单一人？"

"男人跟女人不也一样吗？我倒是觉得那样比勉强维持的夫妻关系更好。"

"勉强……"

他觉得这话越听越不对劲，一时无言以对。他不敢问杏子在说谁，结果左思右想，自己得出了最坏的结论，情绪瞬间转为愤怒。

"哦，是吗，你说话这么大彻大悟，肯定是因为快要升天了吧！"

他脑子一片混乱，本能地摆起了出口伤人的态度。

杏子倒抽一口气，廉太郎终于回过神来。她没有回话，但是脸颊轻轻颤抖。

他可真不是个东西。廉太郎慌忙摆起了手。

"不算！刚才说的不算！"

覆水难收。他心中暗自感叹，古人果然睿智啊。

他会冒出这个感叹，并非因为淡定自若，而是慌得脑子都乱了。

杏子擦了一把眼角，缓缓吐出一口气，仿佛放弃了什么。

糟糕。非常糟糕。太阳穴附近亮起了红色警示灯，眼前一阵发黑。廉太郎环视四周，发现对面床的被子和床单都被收走了。

"对面那个老太太出院了吗？她上回还给我塞了几个铜锣烧呢。"

其实他走进病房那一刻就发现干巴老太不见了。虽然有点刻意，但他想利用这个值得高兴的话题挽回败局。

然而杏子还是低头不语，过了好久才低声说：

"老太太今早去世了。"

"啊？"

"她的癌症扩散到全身了。"

廉太郎艰难地咽了口唾沫。

对啊，医院每天都在面对死亡。

他感到那张空空的病床散发出了强烈的死亡气息。

他记得《死神》里有一句驱赶脚边死神的咒语。他试图回忆起那句话，可是连第一个字都想不起来。

## 四

"难以置信。太过分了。你是不是脑子抽了管不住嘴巴?"

他一边等待住院费用清单,一边承受女儿犀利的话语。只要是骂廉太郎,美智子的词汇量就会骤然提高一个量级。

廉太郎知道,如果让美智子听到那句"快要升天"的发言,肯定要被缠着骂上好久。尽管如此,他还是主动告诉了女儿。也许他自己也想得到明确的惩罚。

现在不是探病时间,谈话室格外安静,美智子还在骂个不停。

"你该不会觉得对妈妈说什么都无所谓吧?她又不是你的情绪垃圾桶。"

"我才没觉得。"

"骗人。我偷偷拿了朋友的'小勇'那次，你也对妈妈说'还不是你教坏的！'，其实应该挨骂的人是我才对。"

"'小勇'是谁啊。"

"洋娃娃'梨花'的男朋友。"

"那都什么时候的事情了。"

美智子很能记仇，因为一件事生气，往往能扯出很多陈年旧怨。而那些事情又会让她更不高兴，形成恶性循环。

"小学四年级。我过生日求你买'小勇'给我，你却说'小孩子搞这些情啊爱的干什么'，不答应给我买。难道你忘了吗？"

"我怎么可能记得！"

这都已经跟杏子没关系了。廉太郎无法忍受，也加大了音量。

"吵什么吵呀，真丢人。走廊上都听到了。"

杏子换下睡衣，做好出院准备后走进了谈话室。她瘦了一些，身上的针织衫有点松垮。

"爸，这衣服是你带过来的吗？"

"嗯，是我。"

"我猜也是,上下完全不搭配。"

"你说什么!"

美智子真的管不住嘴。廉太郎气急了,他怎么搞得懂女人穿的衣服。

杏子拍了拍手,分散二人的注意力。

"好了好了,别吵了。钱已经交完了,我们走吧。"

"什么?交完了?"

本来说算好账就有人来叫,原来是跑到病房去叫了杏子吗?

"什么意思啊?"廉太郎嘀嘀咕咕地拿起了装着洗漱用具和睡衣等物品的运动包。包里脏衣服不多,因为杏子可以下床活动以后,就一直用医院的投币洗衣机自己洗衣服。

今天是星期六,杏子已经住院整整十三天。好在换上固食后肠梗阻也没有复发,总算能出院了。

外面下着大雨。

进入七月后下了好几场大雨,让人预感阴雨绵绵的梅雨季节快要结束了。

"哲和先生不是带飒他们出去了吗?下这么大的

雨，肯定不方便吧？"

"哦，没关系没关系，他们去的是御台场的日本科学未来馆。"

看来今天又是美智子的丈夫哲和带孩子。

杏子走向电梯厅，一路上不时对路过的病房员工道谢。再过不久她就要开始使用抗癌药了，不过因为是口服药，不需要住院。与以前那种大张旗鼓的抗癌治疗相比，现在的疗法简单了不少。

"想去什么地方逛逛吗？"

"算了，这么大的雨。"

几个工作人员送他们到了医院大堂，然后看他们坐上了出租车。杏子已经好久没回家了。

"哇，还好我来了。"

一打开家门，美智子就皱起了鼻子。

因为屋里飘出潮湿的气息，还伴随着洋葱腐烂的臭味。

廉太郎倒是没闻到，可能已经习惯了。不过连杏子都不动声色地用手帕遮住了嘴角，应该是挺臭的。

"没关系，我猜到会这样，就从家里带了除臭喷雾！"

女儿拍拍厚实的胸口，率先走了进去。那副样子就像在带领探险队。

"我的天，怎么不到两个星期就乱成这样了？"

"哇，好大一堆脏衣服。你一次都没洗过吗？不会吧？"

"啊！苍蝇！怎么还有苍蝇！厨余垃圾要经常扔啊！"

"这啥啊，水霉？拜托你别用水槽培养细菌啊！"

其实女儿没必要把自己看到的情况都汇报一遍，但她好像无法控制尖叫。这次杏子离开的时间比上回离家出走时更长，加上气温越来越高，随便一猜就能猜到是什么结果。

"简直难以置信！"美智子一边抱怨，一边麻利地开窗通风，收拾掉起居室落了一地的报纸、邮件和臭袜子，清出一块落座的地方。

"妈，你别干了，好好休息。我弄一弄就好。"

房间里的灰尘像风滚草一样滚过地面。不过这种东西放着不管也没什么。

"好了，你给我坐下。"

廉太郎盘腿坐在一块空地上,朝美智子招招手。女儿皱起眉,一脸不可思议地看着他。

"我有话要说。"

敞开的窗户外面又飞进了几只苍蝇,嗡嗡嗡地绕来绕去。美智子看似想尽快开始收拾房子,然而杏子也用目光催促她坐下,她只好不情不愿地坐了下来。

面对二人疑问的目光,廉太郎像是要发表重大事项一般,轻咳了一声。

"是这样的,我准备干到下个月放长假就辞职。"

"啊?"美智子瞪大了眼睛,似乎又想高喊"难以置信"。

"公司那边已经说好了。我打算专心照顾你妈妈治病。"

一直以来,都是杏子在背后打点一切,让廉太郎能够专心工作。这回轮到他反过来支持妻子了。

是时候让那个为工作而生的一之濑廉太郎急流勇退了吧。既然杏子要先他而去,就得好好珍惜二人仅剩的时光。何不把之前因为忙碌而未能顾及的事情,都一一补回来呢?

"爸,工作不是你的生存意义吗?你不是说还能再干五年吗？你真的愿意？"

"那还用说吗？你有什么想做的事情？不如出去旅游？"

廉太郎以为杏子会高兴，但妻子皱着眉，似乎异常困惑。这女人向来没什么欲望，被突然问到，可能一时想不出来吧。

"爸，你是认真的吗？"

美智子也一副不太信服的模样。她肯定无法理解这个满脑子想着工作的父亲怎么突然改变了主意。

"认真的。"廉太郎点点头，美智子霎时露出了凌厉的目光。

"开什么玩笑。照顾？你先看看这里变成什么样子了。又不会做饭，又不会打扫，连洗衣机都不会开，还要去旅游？你想趁现在赶紧制造一些美好回忆吗？少说那种漂亮话。你辞了工作待在家里，只会增加妈妈的负担！"

嗡嗡嗡嗡，苍蝇吵得恼人。廉太郎万万没想到女儿会破口大骂，惊得张大了嘴，连苍蝇落在头上都忘了赶。

但是，他很快想到了反驳的话语，摇摇晃晃地站起来:"不对,你说的不对。你看。"

他拿起餐桌上的公文包,从里面掏出几本书。

《战胜癌症的食疗法》《让身体胜过癌症》《医生推荐的代替疗法:褐藻糖胶杀灭癌细胞》。

这是他决定专心照顾杏子后,去书店买来的书。

"你看了书还不是只会下命令,叫妈妈做这个做那个!这里面还有一看就是骗人的书。爸,你怎么这么笨啊!"

"美智子。"

杏子虽然打断了女儿的骂声,但听起来有气无力,显然心里也有同样的想法。

"妈,你不能这样。对这种人你就该直说不愿意,否则你还得天天给他多做一顿午饭!"

"你妈一个人的时候不也得给自己做饭吃嘛。"

"家庭主妇一个人随便应付的饭和做给别人的饭当然不一样啊!"

美智子已经开始跟他针锋相对了。然而他已经跟公司提了离职,她再反对也没有用。

廉太郎头上的苍蝇飞起来,一头撞上了电灯罩。

叮、叮、叮、砰!

121

"啊!我受不了了!"

美智子站起来,从自己包里拿出了橡胶手套。

"我先把厨余垃圾处理掉,再洗干净水槽。"

"啊,那我也来。"

"妈你坐着!"

不愧是三个孩子的母亲,美智子打扫的动作又快又麻利。她撑开垃圾袋,把散发臭气的东西一股脑塞进去,看着的确不需要帮手。

杏子听话地坐下来,略显尴尬地盯着地面。她因为断水断食瘦了一些,侧脸不再是廉太郎熟悉的模样。

"我辞掉工作待在家里会很麻烦吗?"

廉太郎问道。杏子无奈地闭上了眼睛。

"我现在特别后悔。"

后悔什么?他很想问,却发不出声音。

他只能盯着杏子的嘴唇。

"你变成一个这么没用的人,一定是我的错。"

# 第四章

# 预兆

一

抱着一大捧花走在外面实在尴尬得很。无论坐车还是走路,他都觉得有人在看自己。

他很不习惯被人盯着,因为他从来不是那种光走在路上就引人注目的俊俏男人。

"回来啦。哎呀,好漂亮的百合!"

杏子拉开玄关门,高兴地眯起了眼睛。

临近盂兰盆节的盛夏时分,下午五点天色还很亮。廉太郎从春日部车站走回来,已经是大汗淋漓。短袖POLO衫的腋下明显湿了一大块,肯定散发着令人气闷的味道。

但是怀里的白百合香气浓郁,足以抵消他身上的汗臭味。

"这么多年辛苦你了。"

妻子接过花束，对他说道。廉太郎"嗯"了一声。他的情绪还很混乱，不知道究竟是寂寞还是爽快，也不知道自己究竟是松了口气，还是愈发不安。

今天，他离开了已经工作整整四十七年半的公司。准确来说，他六十岁已经退休，后来又接受了返聘。但从心情来说，他从未停止过工作。

为了迎接长假，最近工厂加大了产量，经常需要加班赶工。终于等到明天就要休息了，员工们才得以松弛下来。厂长新田给他献了一束花，廉太郎在一阵毫不热烈的掌声中离开了工厂。

"社长把我送到大门口了。"

"是吗，真是太好了。"

现在的社长是创业者的孙子，刚进公司没多久就被派到商品开发部学习，廉太郎也直接指导过他。当时那个高高瘦瘦，看着不怎么靠谱的青年，如今也成了肥头大耳的五十多岁的大叔。他还主动跟廉太郎握手，留下一句"感谢你多年来的贡献"。

他觉得自己不久前还是社长的年龄。人啊，果然跟花一样，开花前的等待无比漫长，绽放的美丽却转瞬即逝。

"先泡澡吧?"

杏子抱着花束,从楼梯底下的收纳间拿出花瓶,转头问道。

廉太郎点头哼了一声,突然意识到——这么说来,他还从没送过花给杏子呢。

杏子每天都配合他到家的时间烧好洗澡水。他脱掉POLO衫擦了一把身上的汗,然后扔进洗衣篮。

他对着风扇吹起了湿发,咽下一口清凉的啤酒。

下班后的热水澡,然后是啤酒。今天过后就再也体会不到这样的充实了。想到这里,他忍不住长叹一声。

电视频道已经调到了BS台的夜间直播,现在是二局上半,广岛领先中日两分。廉太郎擦了一把嘴角,前倾身子。

两人出局,三垒有人。看到中野手轻松接住了对手打出的高飞球,廉太郎顿时松了口气。

起居室的矮桌摆上了一盘盘犒劳丈夫的美食。

刺身、盐烧杏鱼、茶碗蒸、蔬菜、炸虾天妇罗、散寿司。真够丰盛的。

"别累着自己了。"

廉太郎一边给自己倒酒，一边关心妻子。

"今天感觉很不错，因为可以停药一段时间。"

"哦，这样啊。"

这几天一直放在餐桌上防止漏服的药已经不见了，果然是进入了停药期。

两周前，杏子开始接受抗癌药治疗。医生给她配了两种抗癌药，口服和点滴同时进行。

她每隔三个星期就要去医院打一次点滴，每天早晚两次服用口服药，完成一个疗程后停药一星期。暂时预定做八个疗程，看看效果如何。

"你今天脸色的确好了一点。"

也许真的好了一点，也许只是廉太郎的错觉。

"嗯，就是指尖的麻痹还没好。"

杏子说着，搓了搓手。

每种抗癌药的副作用各不相同。他已经忘了点滴药叫什么，只记得口服药包装上印的名称。希罗达——"小天真"医生说，这种药容易引起末梢神经障碍与手足综合征。

"那也挺好啊，反正不用担心掉头发了。"

廉太郎拿起筷子，咬了一口炸虾天妇罗。杏子合掌说了一声"我开动了",继而捧起茶碗蒸慢慢喝了一口。

"医生说的是'很少见脱发的副作用'。"杏子更正了他的说法。

"医生都这样,不把话说死了就能推卸责任。"

好在,杏子的副作用似乎不太严重。她感到手足麻木和全身倦怠,但辅助药物控制了恶心呕吐的症状,每天生活没有受到太大影响。

脱发对女性来说可能很痛苦,听到医生说可能性很小后,廉太郎松了口气。哪怕只是站在一边眼看着杏子的外观发生这么大的变化,他也会感到痛苦。

"真好吃。美智子他们怎么不来啊?"

廉太郎嚼起了他最爱吃的虾尾。可能牙齿不太好了,棘刺戳到牙肉上,痛得他皱起了眉。

"他们没时间。"

杏子平淡地说。廉太郎猜测,也许是美智子不愿意来。因为她到现在还没原谅父亲擅自决定离职的举动。

他其实挺希望女儿能暂时忘掉两人的矛盾,让杏子多看两眼外孙。

"一个快七十岁的老头说要离职,她生这么大的气干什么啊。"

廉太郎拔出戳在牙肉上的棘刺，尝到了一丝血腥味。

"你辛苦工作了这么多年，什么时候引退都可以啊。"

杏子的微笑拯救了他。对啊，还不是多亏了廉太郎辛苦工作，两个女儿才能读完大学。他还给美智子的婚礼出了不少钱呢。她应该感谢父亲才对，怎么反倒责怪起来了？

美智子这家伙，明明是个家庭主妇，却让丈夫分担家务和育儿工作，她压根连自己的工作都没做好。

与之相比，廉太郎在外面打拼的时候，杏子则兢兢业业地守护了家庭。她究竟有什么必要感叹自己没能培养好丈夫的家务能力呢？她应该感到骄傲，因为这证明她的工作滴水不漏。

给职场退休的人送花这种习惯，恐怕也不是为了感谢本人，而是让他带回家去感谢妻子的支持。如果不是为了这个，为啥要送花给一个大男人呢？

他再次感慨，自己真的找了个好妻子。不知杏子看见那束百合时，是否也有同样的心情？

"这么多年来，你也辛苦了。"

尽管他以前从未提过，但心里一直很感谢杏子。现在到了说出口的时候，他却有点害羞，压低了声音像是自言自语。

"啊？"

杏子反问了一句，脸上却是惊讶的表情。看来她不是没听见。

"哦！漂亮！过去了！"

二局下半，广岛打出了一记适时安达[①]，送跑垒员回到本垒得分。

这么羞耻的话，他哪里说得了两次。廉太郎兴高采烈地握紧拳头，感谢"我们鲤鱼队"的绝妙时机。

---

[①] 安打，棒球术语　指打击手把投手投出来的球击出到界内，使跑垒员能至少安全上到一垒的情形。适时安打是指能让跑垒员跑进本垒的安打。

二

窗户大敞着,却没有一丝风,反倒让蝉鸣吵得人心烦意乱。才早上七点,气温已经高得让人难以忍受。

一早一晚只要开窗还能勉强度过,白天则不开空调不行,否则老年夫妇在家中中暑死亡的消息就要登上第二天早上的报纸。

额头上泛起了一阵汗水。廉太郎摘掉老花镜,揉了揉眼角。

这几天压根不像盂兰盆节的长假。一想到自己今后再也用不到所谓放假的概念,他就觉得很不可思议。这么多年来,工作日和休息日一直是他生活中毋庸置疑的两种模式。

现在没有了两种模式的限制,按理说他应该非常自由。他可以一口气读完世界推理名著全集,可以每天睡八个小时，还可以拎起钓竿独自旅行。这些都是他工作时不得不放弃的乐趣。

可是到了这个岁数，光是从头到尾读一遍报纸，眼睛就累得不行，再怎么想睡懒觉，也会在六点前自然醒来。而且，他也不想尝试新事物了。

他知道，年轻时的梦想如果不马上实现，过后的心情和体力都会跟不上。更何况，自己身边的环境也会发生改变。而现在他也顾不上自己，要加倍重视他与杏子相处的时间。

廉太郎戴上眼镜，看向读到一半的投稿栏。那是一个六十岁女性的文章，标题为《朋友大于丈夫》。

文章写道，她跟退休的丈夫去了一趟温泉，全程痛苦不堪。那个丈夫整天油瓶倒了也不知道扶，收拾行李的事情全部推给她，到达旅馆后开口就是"给我倒茶"，泡澡时还要替他找好干净内裤，就这么伺候了一路。丈夫号称要走遍一百个著名温泉，可她觉得既然要去，倒不如跟知心女性朋友一起去。因为她们都能照顾好自己。

读到最后，廉太郎不禁感到困惑。他又读了一遍，还是不明白投稿者的意思。到底哪里痛苦了？

住旅馆不用打扫做饭，也不用收拾碗筷，这还不够她放松吗？收拾行李泡茶这点小事，做一做也没什么吧？反正旅行的钱都来自丈夫的退休金呀。

女人整天只知道追求表面上的平等。

他扔下报纸，转头看着外面的庭院。家里院子虽小，却得到了精心打理。杏子正戴着宽檐帽在外面拔草，想趁阳光变强烈前把活干完。夏天的野草三天就能长得老高，特别不好应付。

"好了，随便弄弄就行了。"

他隔着纱门喊了一声。身为病人应该休息，可杏子一早上就没停过。

"喂，杏子。"

"我知道，可是还得再拔一点。"

"别管了，多长几根草怕什么，又不会死。"

话一出口，他就知道自己失言了，惊得出了一身冷汗。

杏子吐了口气，捶着腰站起来。

"那倒也是。"

她用脖子上的毛巾擦了把汗，对廉太郎笑了笑。

将野草塞进垃圾袋绑好后，杏子从玄关走了进来。

"啊，出了一身汗。"她嘀咕着，径直走向洗手间。

虽然这也不能吃那也不能吃，但杏子看起来还算精神。既然开始服用抗癌药也能保持这种状态，应该不会发生什么让人悲观的事情吧？搞不好她能继续活个三年五年。

等天气凉快一些，不如带她去旅行吧？老家母亲健在时，他们每年回一次广岛，但是母亲七年忌的法事结束后，二人就再没有出过远门。细数下来，已经十年了。时间过得真快。

"美智子今天出发去秋田吗？"

他朝洗手间喊了一声，里面只有泼水声，没有回答。

美智子一家的惯例是盂兰盆节去丈夫哲和的老家，新年则到廉太郎他们这边。据说是因为哲和老家每年都下很大的雪，冬季交通很不方便。

小女儿惠子每年盂兰盆节都要加班，加上佛龛没安放在廉太郎家，实在是无事可做。

"老头子，你过来一下呀。"

杏子在喊他。又怎么了，进虫子了？廉太郎撑着矮桌站了起来。

135

杏子擦干汗水，换了干净衣服，笑盈盈地站在洗衣机旁。

因为拔完草要换衣服，她今天还没开过洗衣机。里面装着廉太郎昨天换下的POLO衫和用过的浴巾。

"你学学怎么用洗衣机吧。"杏子说。

"用洗衣机？"

廉太郎不明所以地皱起了眉。

"那还用学？不就是扔进洗衣机里按一下按钮吗？"

"是的，但也没那么简单。"

杏子抬手指着洗衣机上方置物架上的瓶瓶罐罐。

"比如洗衣液，就有弱碱性、中性和添加荧光剂的种类。你知道怎么用吗？"

怎么可能知道？电视上倒是经常播放衣物白得耀眼或者洗完很松软的洗衣液广告，但他从来不认真看，更没注意过不同之处。他还以为洗衣液都一样，只是厂家不同。

然而他就是不愿意回答不知道。见廉太郎默不作声，杏子继续道："弱碱性的洗衣液用于普通衣物。中性洗衣液用于彩色衣物，就是洗涤能力比较弱。另外，它也能用来洗羊毛和丝绸之类的高档面料。添加荧光剂的洗衣液用来洗白衬衫和打底衫，能让白色更鲜亮。只要按照洗衣液的种类把衣服分开洗，就不容易失败。"

廉太郎单身时也独自生活过，但是衣服都是一股脑塞进投币洗衣机里混着洗。结婚后，他发现白衬衫不那么容易发黄了，原来那不是错觉。

"如果你不确定某件衣服能不能在家洗，就看一眼上面的洗标。这是我刚才穿的针织衫，你瞧，上面有个人手伸进盆子里的图标。这是手洗的意思。要是盆子上画了叉，那就不能在家洗，请你注意哦。"

洗标？廉太郎甚至不知道每件衣服都有洗标。

"对了，这个图标几年前换成了国际规格，所以以前买的衣服上印着不一样的标记。"

"麻烦死了！"

杏子想叫他一下记住这么多琐碎的信息吗？狭小的洗手间又闷又热，廉太郎越来越烦躁。

"我一离职就要受到这种待遇吗？"

已经不能赚钱了，所以要做家务？昨天她还在犒劳自己多年来的辛苦，今天就翻脸不认人。

"真对不起。如果我能比你多活几年，就不会这么做了。"

他听见倒抽一口气的声音。过了好一会儿，廉太郎才意识到那是自己的呼吸声。

"一想到你今后要一个人生活，我就特别担心。"

"不需要！"

他条件反射地怒吼道。杏子还活着，他刚刚才想她也许还能活个三五年，现在丝毫不想考虑她死后的生活。

"可是照这样下去，这个家今后会变成垃圾堆。"

"垃圾堆就垃圾堆。你与其担心这个，不如好好治病！"

"这个病治不好了，要说多少次你才明白！"

杏子终于忍不住加重了语气。由于这种光景太过罕见，廉太郎猝不及防，没了声音。再看杏子，纤细的双手紧紧攥着裙摆。

"等我死了，就只剩下你自己照顾自己。难道你想给女儿添麻烦吗？"

噙着泪的双眼闪闪发亮。不知为何，他发觉杏子很美时，胸口总是紧得生疼。

廉太郎当然也不打算让女儿照顾自己。她们要顾着自己的生活，跟谁同住都只会尴尬难受。他只想夫妻两人在这座房子里慢慢老去。

可是再过不久，两人就要变为一人。

如果先走的是他，杏子一个人也许没什么问题。但是廉太郎——

他眼前浮现出躺在垃圾堆里沉睡的老男人的形象。尽管外面气温直蹿，还是忍不住感到心底一凉。

我还会再活多久？

失去杏子的打击实在过于强烈，他至今仍未考虑过自己今后的生活。届时他没有工作，也没有亲密的朋友，每天只能凑合吃点东西填饱肚子，慢慢衰老，直到离开人世。

他能保证自己脑子清醒到多大岁数？腿脚还能管用多久？最理想的情况当然是某天两腿一蹬干脆地离世，但是真的到了那一天，又有谁来发现自己？

一波又一波的不安向廉太郎袭来，令他的脸被阴云笼罩。

杏子恳求的目光近在咫尺。

"拜托你，时间已经不多了。"

自从她被医生宣告还剩一年生命，如今已过去了三个月。而且说是一年，也不可能恰好等于三百六十五天，说不定还会更短。杏子的确没多少时间了。

廉太郎挠了挠左手肘部。那里突然很痒，应该是被蚊子叮了。

"真奇怪，蚊子都不来叮我。以往每年这个时节，打理院子都要被蚊子叮好多个包。"

杏子裸露的手臂上残留着打点滴的针孔。打完抗癌药的伤口久久都没有消失。

"蚊子不吸都知道你的血难喝。"

廉太郎握住了杏子贴在他肘部的手。

这个女人开口恳求的事情，不听必定后悔。就算不知道今后如何，唯有这点他十分笃定。

## 三

"原来是这样啊。那你正在被夫人调教啰？"

丸叔甩竿的力道每次都恰到好处。

鱼钩在目标地点落水后，他转动卷线器，绷紧松弛的鱼线。

廉太郎穿好当鱼饵用的虫子，掐掉多余的长度，抛出鱼饵。

这一带是人工海岸，石头很多，最怕就是卡住石缝。所以他用了容易拽上来的钓具。

"真受不了，自从辞了工作，每天都得洗洗涮涮。"

大井码头，清晨五点半。虽然还是大早，周围已经来了不少钓客，都在忙着抛鱼饵。他们钓的是虾虎鱼。

九月，正值虾虎鱼最肥美的时候，廉太郎也想看看它们白白胖胖的样子。

他感到久违的兴奋。水面倒映着秋日高远的晴空，已经带上了阵阵凉意的风轻拂脸颊。他等铅坠落到水底，缓缓转起了卷线器。

"最近一直没怎么钓鱼，老太婆说不行，非要赶我出来散散心。"

杏子确诊癌症后，廉太郎再也不好意思享受自己唯一的乐趣，好几次拒绝了钓友丸叔的邀请。他觉得这都是为了杏子，但杏子本人却不堪重负。

"以前我白天都不在家，现在天天待在家里，她恐怕也很烦吧。"

"谁知道呢。"

丸叔那边很快就有收获了。他一点点卷起鱼线，一条二十多厘米的大家伙出水了。

"我过去几乎不着家，老婆也烦得不行，所以给不了你什么建议。"

丸叔手脚麻利地卸掉鱼钩，打了一桶水把鱼放在里面。抛下一竿前，他先摘掉了帽子，擦了一把光秃秃的脑袋。

丸叔结了三次婚，离了三次婚，现在是个单身汉。廉太郎记得他比自己大五岁，就问生活有没有什么不方便。对方咧着缺了一颗牙的嘴笑道：轻松得很。

他以前是不动产公司的社长，赚了不少钱，可能压根没想象过坐在小破出租屋里吃临期半价盒饭的老后生活。虽然现在成了这样，丸叔还是大彻大悟地说，人生不过是梦一场。廉太郎就喜欢他这个性格。

廉太郎手上的钓竿也有了感觉，一下一下地向前戳动。他收竿回线，引鱼出水。

钓到的鱼很小，可能不到十厘米。这还是六月份刚进入虾虎鱼旺季时容易钓上来的尺寸。

小是小了点，炸了倒也挺好吃。廉太郎换上新鱼饵，跟丸叔同时甩出钓竿。

"不过男人一个人过，洗衣服都是一锅端。本来量就不多了，谁有心思分开洗啊。"

"倒也是，管他什么颜色的都放一块儿洗，对吧？"

"可不？沾了小便的裤衩和擦碗布也一块儿洗。"

丸叔用刚摸过虾虎鱼的手拆了一颗糖扔进嘴里，然后问他："要吗？"廉太郎摇了摇头。

143

"我到现在都分不清那些洗涤图标。本来就老花眼了,还要看那是悬挂晾干还是不能甩干,一根线的区别谁看得清啊。"

"哦?我这辈子就没看过那玩意儿。"

洗衣服不是洗衣机转完就算,还得晾起来,晾了要收,收了要叠,有的衣服还要熨。杏子把这些都归进了"洗衣服"的项目里,试图让他学会。

"最近还加上了'打扫',每天忙得脚不沾地。她啊,连怎么用吸尘器都特别啰唆,说什么用力摁着拖反而吸不上灰尘。"

打扫的基本常识是从上到下,从里到外。家庭里的污渍一般只有灰尘、油渍和水垢三种,需要把什么地方容易出什么污渍记牢了。只要每天勤打扫不堆积,就不需要大扫除,反而轻松许多。这些话,杏子反反复复不知说了多少遍。

"啊?我顶多每周开一次吸尘器,而且只要表面看不见脏的就行,每次都可使劲了。"

"那你几天扫一次厕所和浴室?"

"看着觉得脏了就打扫打扫。不过我眼神不好了,也不怎么看得见。"

"我家光是马桶和浴缸就得每天打扫。"

说着说着,丸叔钓了不少大鱼。廉太郎就站在一边,成果却不喜人,桶里只有几条十厘米左右的虾虎鱼。

"要求你做那种程度的家务,也太强人所难了。"

"是吧,你说的太对了。"

这种牢骚话不能对女儿说,因为只能换来一句:"老老实实做不就好了?"如今得到这么一位志同道合的战友,廉太郎越说越上头。

"女人本来就适合干家务,男人可不一样。"

他气愤地说起了自己的理论。丸叔在一旁装好鱼饵抛出去,干巴巴地笑了两声。

"那也看人。我第二个老婆做家务简直惨不忍睹。"

"那肯定是爸妈没教育好。"

"你不也是从小没学吗?"

丸叔这句话丝毫没有责怪的意思,反倒说到了廉太郎心里。他自是觉得这道理不对,却不知如何反驳。

"我看啊,你老婆其实也是担心。叫你出来钓鱼,也是为了你好。"

丸叔又拆了一颗糖扔进嘴里。他十年前做了心脏搭桥手术，不得不戒烟，自那以后手边糖果就没断过。

"我可是见识过好几个了。越是一心扑在工作上的人，退休了就越容易痴呆，然后比老婆先死。"

丸叔的桶子里游着好几尾背部黝黑的虾虎鱼。一只脏兮兮的白猫贴着地面摸过来，丸叔看见了，便捞起一尾扔了过去。

"要是有点兴趣爱好，生活倒也有点盼头。交上几个朋友，也能彼此约着出去玩儿。你猜猜，我这是今年第几次钓虾虎鱼了？"

廉太郎总算知道为什么两人并肩垂钓的战果如此不同了。原来丸叔早就摸透了这个地方和今年的虾虎鱼。

两人第一次见面，丸叔就给他指了鱼最多的地方。那时钓的是鳟鱼，地方在秩父，可他怀疑丸叔比当地人都熟悉情况。

"男人啊，个顶个地软弱。咱们今后都没个确定的活法，既然你有老婆提点，就听她的吧。"

廉太郎瞥了一眼丸叔。他记得这人有一对异母的子女，不过离婚后都疏远了。

他说一个人过很轻松，这话应该不掺假。只不过，难免有些时候会感到寂寞难耐。丸叔又戒了烟酒，能聊以解忧的恐怕只有钓鱼了。

廉太郎之前拒绝了他好多次，这次主动打电话过去，丸叔却一点都没责怪，而是爽快地说："那就去钓虾虎鱼吧。"别看他整天过得逍遥自在，心里也许挺孤独的。

"是吗？"

"是啊。"

丸叔看着水面，目光中透着一点无奈，还有一点柔和。

这次抛远一点吧。廉太郎想着，先确认背后没有障碍物，然后甩出钓竿。

他力道有点大，鱼饵飞出了好远，吧唧一声落进了水里。

船屋的海钓船开动时卷起了海底的泥沙，他们再也钓不上鱼了。

换了个地方也战果寥寥，于是八点过后，他们决定收摊回家。

"你老婆不能吃油炸的东西吧？大鱼能做刺身，

你把这些拿回去吧。"

丸叔指着自己那桶黝黑黝黑的鱼。乍一看能有三十条。

"真的可以吗?"

"嗯,反正我就一个人,那小鱼炸一炸挺好。你等着,我把神经处理一下。"

虾虎鱼的鲜度下降很快,如果要做刺身,必须活着拎回去。要是离家近,还可以往冰盒里灌点海水抬回去,可是一路拎回春日部,恐怕得死掉一大半。要是提前切断了大脑和脊髓的神经,就能减缓鱼身僵硬的速度,保持一定鲜度。

丸叔手脚麻利地给虾虎鱼放血,然后抄起冰锥戳开眉间,往洞里塞进铁丝。待到虾虎鱼开始浑身抽搐,就算完成了。

廉太郎觉得这样有点残酷,可反正到最后都是宰了吃,没有什么不同。他在心中默默为神经遭到破坏的虾虎鱼合掌赔罪。

丸叔开的是一辆破破烂烂的小货车,货倒是能装不少,只是座椅不能放倒,人坐在上面特别难受。话虽如此,丸叔每次都说顺路,愿意拉着他一起跑,给他省了不少事。丸叔没住在春日部，而是住在稍微往北边过去的幸手市。

"代我向夫人问好啊。"

开到家门口，丸叔问候了一句压根没见过的杏子，放他下了车。廉太郎请他进去喝杯茶，丸叔说不好累着夫人，摆摆手就走了。小货车拐过转角消失后，廉太郎打开了家门。

## 四

"回来了。"

他进门打了声招呼。

杏子平时都能听见动静出来迎接,今天却没有一点脚步声。莫非出去买菜了?可是,家里窗户都开着。

廉太郎莫名其妙地放下钓竿和冰盒,伸头看了一眼拉门敞开的起居室,只见杏子盖着一张毛巾被,正在打瞌睡。

风铃挽留了一抹夏日余韵,发出清凉悦耳的声音。双手交叠在腹部的杏子宛如殓入棺中的遗体,但她的胸口还在有规则地起伏。

她开始了第三个疗程的抗癌药治疗,昨天刚打了点滴。也许是累了吧。矮桌上放着空的酸奶盒,应该是用来充当早餐了。

很好，至少吃了点东西。

廉太郎满意地拿起空盒，走到厨房扔进带盖垃圾桶里。冰箱里还有五盒同样的酸奶，号称可以激活人体内的自然杀伤细胞。

自然杀伤细胞具有消灭癌细胞的作用。他让杏子至少每天早晚要吃一盒。另外，他还按照书上说的，尽量避免牛肉、加工食品和精制食品，让杏子多吃蔬菜、水果、海产品和发酵食品。

其实大米也不应该吃白米，而要改成玄米，但是玄米的膳食纤维过多，为了预防肠梗阻不能吃。很遗憾，他只能让杏子继续吃白米了。

多亏了这些食疗，上个月月底检查时肿瘤标记物有所下降了。廉太郎已经接受了杏子无药可救的事实，但如果能持续提高免疫力，也许杏子能多活几个月。

干脆再买一台低速榨汁机，防止破坏蔬菜和水果里的酶。虽然那东西有点贵，但能促进营养吸收，还能分离对杏子身体不好的膳食纤维。这样一来，就算她有时缺乏食欲，也能喝点果汁。

他边想边洗手，杏子听见动静，终于醒了过来。

"回来啦，真早啊。"

她脸上多出了几条榻榻米的痕迹。廉太郎告诉她后,她不好意思地捂住了脸颊。

今天起得早,现在才十点多。"中午有好吃的。"廉太郎大声宣告完,拉着杏子坐在餐桌旁。

他回玄关提了冰盒进来,放在杏子脚边。虾虎鱼都用塑料餐盒装好了,以免直接接触冰块。

"呀,怎么这么多?"

廉太郎打开盖子给她看,杏子露出了高兴的笑容。

"我这就去做炸鱼块。"

杏子说着,拿起椅背上的围裙就要起身。廉太郎慌忙伸手拦住了她。

"等等,丸叔帮我把这些鱼的神经都处理了,可以生吃。还是做刺身吧。"

这么大的鱼,肝一定也挺肥。单独挑出来化进酱油里,那简直是人间美味。反正做饭他也插不上手,干脆再来两口小酒吧。

"做刺身吗?"

"嗯,可好吃了。"

以前丸叔现杀了一条刚钓上来的虾虎鱼给他吃。清甜的白肉爽口弹牙,甚至比鲷鱼和比目鱼都好吃。

纵使廉太郎极力劝说，杏子还是不怎么情愿。

"要不还是炸了吃吧？"

"可你不能吃油炸的东西啊。"

有人说，抗癌药治疗过程中，人的免疫力会降低，最好也控制生食。但是根据廉太郎看的书，那是缺乏依据的说法。专家分组观察过吃生食的患者和不吃生食的患者，没有发现不同之处。

"这都是刚钓上来的鲜鱼，不用担心食物中毒。"

廉太郎实在太想吃刺身了。毕竟住的地方不靠海，平时很难吃到这种好东西。

"可是——"

杏子还是不情不愿地揉着双手。

廉太郎脆弱的忍耐力终于到达了极限。

"怎么，你不爱吃我钓的鱼吗！"

虽然这些鱼都是丸叔钓的，但他正在气头上，忽略了那个事实。

"不是这样的。也许因为昨天打了奥沙利铂，指尖有点麻木。"

"奥什么？哦，你说抗癌药啊。"

他想起来了，杏子打的点滴是叫这个名字。

"你不是从第一个疗程开始就指尖麻木了吗?"

好像没有影响到日常生活。至少在廉太郎看来就是如此。

"是的,一开始是麻木,现在已经有点感觉迟钝了。"

杏子点点头,抓起桌上的辣椒面瓶子。

"比如这样拿东西的时候,就像隔着很厚的橡胶手套。"

廉太郎忍不住摸了摸钓鱼裤的膝盖。

裤子做了防泼水加工,触感很光滑。因为穿了很多年,膝头已经有点磨损。可是现在,杏子的手已经丧失了这种微妙的触觉。

"做炸鱼只需要去掉鱼头和内脏,做刺身就得切成三片,我不太肯定——"

杏子没了声音,抬起恳求的目光看着他。

虽然体型很大,但虾虎鱼毕竟是小鱼,隔着橡胶手套肯定没法处理。

杏子的身体究竟怎么了?

廉太郎低着头,呆呆地看了一会儿神经遭到破坏的虾虎鱼。

洗衣打扫倒是可以学一点，做饭就不必了吧？

现在出去吃饭这么方便，便利店也有各种各样的单人份的熟食，冷冻食品和半成品的品质也越来越好了。而且不在家做饭，就不需要擦洗灶台，这不是一石二鸟吗？总之我真的顾不上做饭，饶了我吧。

之前，杏子理所当然地要他学做饭，他百般恳求才让她放过了自己。廉太郎现在连他觉得是个人都会的洗衣服都做不好，做饭就更别说了，何况菜刀也很可怕。他觉得自己肯定学不会。

但是此时此刻，他还是拿着小尖刀站在了厨房里。砧板上放着粗盐揉搓过，又用清水冲洗过的虾虎鱼，正等着他处理。

"先立起菜刀，刮掉鱼鳞。然后沿着胸鳍切一刀，去掉鱼头。"

杏子站在旁边，向他讲解剖鱼的步骤。光是口头讲解，廉太郎压根联想不到画面，迟迟下不了手。

"说具体一点，什么角度？"

"什么什么角度？"

"切割的角度。"

"我也不太清楚。要不就四十五度吧。刀刃碰到脊骨后,再从反面切一刀,这样鱼头就下来了。"

廉太郎照着杏子的话操作,最后断开脊骨,鱼头顺势一滚。

"哇!"他吓得抖了两抖。

丸叔平时钓了鱼都自己杀,廉太郎顶多放放血,回家后就扔给杏子了。这是他第一次切鱼头,吓得有点脚软。

然而,自己不动手就吃不到好吃的刺身。于是廉太郎重振精神,切开鱼腹,掏出内脏,挑出鱼肝泡在了冰水里。

"把鱼腹冲洗干净,然后沿着脊骨片开鱼身。片的时候注意,尽量贴着骨头片,以免浪费鱼肉。完成之后翻过来再片一遍,你瞧,这不就成三片了?"

原来如此,这就叫三片鱼啊。中间那片残留了不少鱼肉,但也算像模像样了。

接着,还要剔除腹骨,剥掉鱼皮。由于菜刀角度不对,鱼皮剥到一半竟断了。

"整得好难看啊。"

"多弄几条就掌握窍门了。"

果然，大约处理到第七条，廉太郎就掌握了菜刀的角度和力度。到第十五条时，他的刀工已经比第一条大有长进。

"这些都要做成刺身吗？"

杏子可能觉得丈夫用不了多久就会厌烦，此时正在感叹他惊人的集中力。

"没错。"

"我们吃不完这么多。不如留一半用海带包起来吧。

用海带包起鱼肉放进冰箱，可以保存两三天。这主意不错。

新鲜出锅的白米饭、虾虎鱼肉和鱼肝刺身，配上昨晚剩下的萝卜味噌汤。脊骨那片撒点盐烤一烤，再用腌小茄子、菠菜和海苔做成拌菜，就成了一顿中午饭。

"啊，就是这个味儿！"

廉太郎夹起一片刺身蘸了鱼肝酱油，放入口中，顿时皱着眉发出了赞叹。白肉虽然淡薄，但胜在口感十足。也许丸叔的加工手法不错，鱼肉没有一丝土腥味，让他忍不住拿起了日本酒。

这鱼肉，怎么可能不配辛口的酒呢？他又啜饮一口冷酒，心满意足地点点头。

"怎么样，好吃吧？"

廉太郎一边咀嚼，一边观察妻子的表情。杏子勾起嘴角露出了微笑。

"嗯，真好吃。"

她这个反应也太平淡了。虾虎鱼刺身可不只是好吃，还有意外性。它虽然是一种外表不好看，连新手都很容易钓到的鱼，味道可一点都不比高级鱼差。如果是第一次吃，应该有种更惊奇的反应才对呀。

"你以前吃过吗？"

"没有，这是第一次。"

相比白身鱼，杏子更喜欢银身鱼[①]。加上没什么食欲，她就没怎么动筷。手上那碗白米饭也像供在佛龛上的碗那样小。

搞什么嘛，我辛辛苦苦做的。

这也太扫兴了。剖三十条虾虎鱼可不是件容易的事，他差点没把手指头也牺牲掉。没错，是他自己想吃刺身，但只有他一个人，肯定不会做这种麻烦事。

---

① 按照鱼肉颜色的不同，生鱼片具体可以分为赤身鱼、白身鱼、银身鱼。其中，银身鱼指的是靠近鱼皮的部位是银色的鱼。

他这不是想跟杏子一起吃点好东西嘛。

丈夫头一次拿菜刀，怎么不多夸两句呢！

廉太郎心里越来越不舒服，端起味噌汤喝了一口。他感到嘴唇碰到了异物。

"喂！"

手指抹下唇边的异物，原来是一根发灰的头发。看长度应该是杏子的。

"哎呀，真对不起。"

杏子脸色骤然变了。两人共同生活这么多年，她从未有过这种失败。

"我这就去做新的。"

"没关系，下次注意。"

如果是别人的头发可不能就这么算了，既然是杏子的，他也不觉得脏。虽然有点不高兴，但只要挑出来就好。

"真对不起。"

杏子好像受了挺大的打击，紧紧皱着眉。看到她的表情，廉太郎一下没了脾气。


自从廉太郎退休，一之濑家的洗澡时间就更提前了。太阳还没下山，他就泡在热水里，接着坐到院子的外廊上，摇着扇子观看日落西山。坐着坐着，小镇就响起了播报黄昏时刻的音乐声。

虽然还是残暑时节，每天到了这个时候，风都是清凉的，不知从何处飘来寒蝉的鸣叫，昭示着夏日的终结。

等汗都晾干了，他就拿起矮桌上的罐装啤酒打开。还没到晚间直播时间。一直独领风骚的广岛东洋鲤鱼队八月里连战连胜，表现很不错。

廉太郎提前洗澡，杏子也能趁晚饭前泡个澡了。她也真倔，叫她先去泡，偏偏不听。这不是为了照顾她嘛。

泡好澡后就是漫长的夜晚。廉太郎拿起遥控器，想看看白天录下来的节目。

最近他设了关键词录影，把癌症相关的节目全都录了下来。里面有时混着支持恋人与癌症作斗争的催泪电视剧，让他非常无语。但设置关键词就无须亲自查看节目表，这倒是很方便。

他选了一个《癌症：走向今后的时代》，按下播放键，还备好了纸和笔，准备记录有用的信息。

节目介绍了不做手术,而用冷冻方式杀死癌细胞的最新医疗技术,但那只适用于乳腺癌。得知无法用于已发生转移的癌症后,他就开始快进。

接下来登场的是医疗美容师。所谓的医疗美容,其实是一种民办的资质,主要面向因抗癌药副作用出现脱发的患者,为其提供假发保养和心理辅助。

他心中一动——怎么还有这种东西?不过这也跟杏子没什么关系。做出判断后,他再次快进。

"啊!"

听到一声短促的惨叫,廉太郎扔掉了遥控器。声音来自洗手间。

"怎么了!"

他拽开拉门,发现杏子刚洗完澡,一脸惊愕地转过头来。

她换好了睡衣,正在梳头,拿着梳子的手震颤不止。

杏子将手伸了过来。他仔细一看,梳齿上缠了不少连根拔起的头发。

怎么跟换毛期的狗一样?廉太郎脑中突然闪过小时候养过的土狗。

"不是说不会掉吗?"

"是'很少见脱发的副作用'。"

尽管面无血色,杏子还是冷静地纠正了他。随后,她好像恢复了一些理智,拽过旁边的垃圾桶,扯掉了梳子上的头发。

"对不起,我刚才吓了一跳。看来世事难料啊。"

她的语气就像在安慰自己。蜷缩的背影看起来异常娇小。

第五章

献身

一

"早上好。"
"早上好,今天天气不错呢。"
"不过早晚已经挺冷了。"
"就是啊,膝盖痛得受不了。"
"我是腰痛,真烦人。"

斜对面自治会会长的家门口聚集了一群看起来都不下六十岁的长者,个个身穿运动简装,脚上套着长筒胶鞋,男女比例各占一半。

廉太郎拿着他在杂物间翻出来的铁锹,愣愣地看着他们左右问候,炫耀自己不健康的身体。让他感觉清爽的,只有鸟儿的晨曲。

"早上好,今天麻烦各位了。"

杏子游刃有余地摆出营业笑容,很快融入了人群。

"哎呀,一之濑夫人,你这样没问题吧?"

自治会会长的夫人招招手把她叫了过去。那人就是带着埃菲尔铁塔饼干桶到家里来送礼的人。

就算穿着遮住身体线条的运动装,还是能看出杏子瘦了不止一两圈。露在外面的脖子和手腕异常纤细,显得特别脆弱。至于头戴针织帽的原因,想必所有人都能猜到。

"没关系,我当家的也来了。"

杏子话音刚落,那些太太齐齐看向廉太郎。面对那些看稀罕物般的眼神,廉太郎尴尬地点了点头。

这一带每年春秋两季都有自治会组织的扫沟渠活动。每户必须出一个人,否则得交两千日元罚款。

廉太郎虽然在这里住了几十年,但很不喜欢周日一大早起来参加这种社区活动,一直都扔给杏子应付。他甚至从来没给人家送过传阅板。

但是有一天,杏子看着扫沟渠的通知,突然开口问道:"你还打算住在这里吗?"

她这句话问得很隐晦。廉太郎脑中补上了"我死了以后"的前提,立刻皱起眉。

"那当然了!"

一个人住这样的房子难免太大了，不仅打扫麻烦，还有很多台阶。等腿脚不方便了，可能真的要找个新住处，但廉太郎也不是丝毫不恋旧的人。他现在不想考虑这种事。

"是吗？那你跟我一起扫沟渠吧。"

杏子不容置疑地说完，在传阅板上盖了"已阅"的章子。廉太郎已经无法使用"工作太累"的挡箭牌，只能点头答应。

清扫活动八点才开始，但是七点半人就差不多齐了。大家各自慢慢开始清扫。老人家起得早，个个清闲得很。

这么看来，地方城市居民的高龄化进程还挺严重。有的人家虽然是两代同居，但年轻人大多双方都有工作，为了让孩子星期日早上能多睡会儿，也都是公公婆婆出来参加活动。

"小心腰啊。"

他刚抓住沟渠盖子，就听见背后传来提醒声。

回头一看，原来是邻居家当家的。廉太郎记得他比自己小个三四岁，但兴许是六十岁退休后一直待在家里，看起来比廉太郎苍老很多。

"啊，你说得对，是挺重的。"

沟渠盖由水泥浇筑而成，重量不轻，让他怀疑女人纤细的手臂究竟能否抬起来。如果不格外注意，有可能闪到腰。

他听从忠告，小心翼翼地掀开盖子，放到身前的空地上。

每一户门前的沟渠都由各自负责。住在街角的人家负担更多，所以先做好的人都会过去帮忙。没来参加的住户门前，则是大家合力分担。毕竟哪一段积了泥巴都会阻断排水，不全部清理干净就没有意义。

他扎好马步，抄起家里拿来的铁锹铲起淤泥。又是沉甸甸的手感。铲上来的淤泥都要堆放在蓝色塑料薄膜上，用自治会的独轮推车搬运到指定的地点。这无疑是个重体力活。

这么多年来，杏子都是一个人在干这种事情吗？

十一月已经过去一半，廉太郎还是出了一身汗。他抬起手，用劳保手套的背面抹了一把额头。

"是不是很累啊？"

听见说话声，廉太郎才发现自己无意识间捶起了腰。隔壁当家的一脸笑容，动作娴熟地清理淤泥。看来他每次都来参加。

"毕竟这些年人是越来越少啦。年轻人都不愿加入自治会，老人身体又越来越差。"

一些年轻夫妇准时出现，看见大家已经开始工作，显然有点慌张。让他们配合老年人的节奏，估计是不好受吧。

"那家的老太太一个人住，老年痴呆症越来越严重了。上回我们还讨论，到底该不该对那种人收罚款。"

廉太郎不动声色地看了一眼隔壁的名牌。他想起来了，这位是齐藤先生。他还会参加自治会的会议吗？

"可是咱们以后可能也会变成那样啊。现在这个自治会，十年后指不定变成什么样子呢。"

这个男人话真多。记得他家的独子比美智子小两级，杏子以前提过一嘴，说他经常要调动工作。

"自治会的儿童节也好久没办了，好怀念啊。"

美智子和惠子小时候每到夏天都在儿童公园参加那个节。那个光景究竟什么时候消失了？廉太郎也想不起来。过去吵得他心烦的儿童打闹声，最近是不怎么听得到了。

"结果怎么样?"

"啊?"

"罚款的事情。"

廉太郎刚才一直心不在焉地应着,现在突然开口说话,邻居可能吓了一跳。只见齐藤先生"哦"了一声,揉揉胸口。

"决定收了。因为其他人的工作量的确增加了,就当是劳务费。"

再一问,原来一家人都出门工作,参加不了打扫活动的住户也要交钱,为了不引起矛盾,自治会决定平等对待。

可是,什么才叫平等呢?廉太郎推着独轮车搬运淤泥,心中难解困惑。他觉得,问一个靠微薄养老金生活,事事还需要看护的老太太要钱应该不算平等。

"一之濑先生最近辞掉工作了?"

齐藤先生轻声吆喝,抬起了堆满淤泥的塑料薄膜。他看起来比实际年龄苍老,也许是体态问题。廉太郎想着,故意挺直了腰杆。

"待在家里无聊吗?"

齐藤先生微笑着,仿佛想说自己早已经历过这些。

廉太郎点点头回答:"啊,嗯。"

他已经退休三个月了,每天还是忙着学习打扫和洗衣,但这些事情并不能消耗掉一整天时间。他唯一的乐趣就是棒球,广岛本次已经确定了胜利的地位,巅峰赛也打赢了,然而没打赢日本大赛。这个让人喜忧参半的结果反倒令廉太郎更像丢了魂一样。

"空出手的人请过来这边帮忙。"

自治会会长的夫人站在无人参加的房子边上挥了挥手。廉太郎已经清理完自家门口的沟渠,决定待会儿再合上盖子,转身朝那边走了过去。

齐藤先生似乎也做了同样的决定,没走两步就跟了上来。也不知为什么,他笑得一脸灿烂,看着廉太郎说:

"对了,一之濑先生,你喜欢将棋吗?"

## 二

他多久没去别人家玩了?

三十几岁时,他上头的部长喜欢请下属到家里做客,他也尝过部长夫人亲手做的饭菜。那位部长几乎每次都是心血来潮地带人回家,夫人肯定受不了吧?因为她脸上的假笑特别瘆人,吓得廉太郎再也不敢随便去别人家了。

"来啊来啊,这边请。"

齐藤先生高高兴兴地把他迎进门,廉太郎的态度还是有点拘束。他格外仔细地摆整齐了鞋子,然后拿起超市袋子递过去。

"一点小心意。"

因为齐藤先生突然邀请,他没时间准备像样的礼物,只能在扫完沟渠后回家换身衣服,匆匆忙忙跑去超市买了一盒点心。

"谢谢你。不过下次就别带东西了。"

齐藤先生也不推辞,接过塑料袋道了一声"太客气了"。廉太郎心说礼尚往来是基本,但还是点点头答应了。

早知道会如此尴尬,他就应该推说没兴趣,然而那一刻,他忍不住说了真心话。因为他想起了年少时与祖父对局的投入感。

祖父棋力很强,自己根本敌不过。尽管如此,廉太郎还是每天放学就跑进祖父屋里,缠着他下棋。要是祖父让着他,他就又哭又闹,要是连战连败,他还是又哭又闹。后来,祖父在廉太郎十二岁时去世了,他还一次都没有下赢过。

"我已经好久没下棋了。"他推托了一句。

"那就更应该下一盘了。"齐藤先生当即发出了邀请。虽然很紧张,但廉太郎还是特别期待。

"你先到那个房间里坐坐,我去泡茶。"

说完,齐藤先生便走进了左手边的餐厨房。走廊尽头有扇敞开的拉门,那应该就是起居室了。

廉太郎小心翼翼地走进去,不由大吃一惊。房间中央摆着一座带脚的厚重棋盘，还有两张坐垫。除此以外，屋里没有任何家具电器，连壁龛都空空荡荡，找不到一丝生活气息。

这里莫非是长大成人的儿子的房间？然而墙上并没有图钉和胶带的痕迹。他走到上座，心神不宁地坐了下来。他还以为男孩子都喜欢在房间贴海报呢。

"久等啦。"

过了一会儿，齐藤先生端着托盘走了进来。

这人真细心。点心盘里装着廉太郎买来的点心，还有一些饼干，搭配得恰到好处。可是茶托还是夏日的竹木材质，显得有点不搭调。

"夫人出门了吗？"

早上打扫也没见到她。廉太郎故作不经意地问了一句，齐藤先生却瞪大了眼睛，仿佛他在询问死人的音讯。

"啊，莫非你不知道吗？"

不知道什么？廉太郎没有问，而是歪过了头。他不怎么关心别人家的情况。

"她好久以前就离开了。"

"啊！"

想起来了。廉太郎忍不住指着齐藤先生。

之前的确听说，有户人家的独子确定工作后，夫人就提了离婚。当时廉太郎没什么想法，只觉得那个男的真没出息。

"啊，哦，原来如此。那是齐藤先生啊。"

"嗐，我没想到几十年的老邻居还能问这种事，真是吓了一跳。"

"对不起。"

他这几十年到底有多不关心街坊邻居啊。廉太郎尴尬得缩起了脖子。

"没什么，我能理解。"齐藤先生大方地笑道，"在外面上班的时候，人都会觉得自己家半径五十米以内的事情特别无聊。"

"那怎么会——"

廉太郎想要反驳，但是被说中真相，怎么都驳不回去。齐藤先生也不在意，而是笑得眯起了眼睛。

"我以前是跑医疗器材业务的，工作特别忙。"

他也听说过跟医生对接的工作特别辛苦。一旦机器出现故障，不管是休息日还是大半夜，都要被叫出去。相反，这边有事的时候，却只能蹲在门口耐心等待自己要找的医生。这种工作容易身心俱疲,因此离职率很高。

"最近这行可能收敛了不少,但是以前搞应酬特别奢侈。越厉害的医生越不把我们当人看,我们整天像个跳梁小丑,还得赔着笑。因此回家之后,就再也没耐性听老婆说话了。"

齐藤先生喝了一口自己的茶,紧紧蹙着眉头,似乎在回味记忆中的伤痛。

"我那时候每天被业绩要求和医生的霸凌整得神经衰弱,哪有工夫关心谁家的孩子上了重点中学,谁家的婆媳关系不太好。有时候越听越烦,我还大声说过'吵死了'。"

很难想象眼前这个性格温和的男人曾经是那个样子。不过身为同代人,廉太郎可以体谅他的工作有多辛苦。现在,他反倒有点埋怨那个已经记不清面容的齐藤前夫人。

"请容我多嘴说一句,我觉得那是夫人没有照顾到你的感受。人在身心俱疲的时候,都想静静地待着啊。"

"是啊,不过那时候我老婆也几乎是一个人在带孩子。"

"那怎么比得过工作的压力呢？"

"当时我也是这么想的。"

齐藤先生目光飘远了一刻，嘴角又勾起笑容。

"反正到头来，真正重要的东西啊，都在半径五十米以内。"

他强行做了总结，拿出装了将棋子的木盒。

"咱们都用全子吗？"

齐藤先生似乎不想再讨论前妻，彻底切换了脑筋。那句话听起来就像"需不需要我让子？"，廉太郎被他这么一激，当即回答："当然了！"

齐藤先生的棋力太恐怖了。

后来一打听，他年轻时获得过业余二段资格，而廉太郎只是小时候下过几年，根本不是对手。第一局眨眼间就输了个一败涂地，第二局齐藤先生让了飞车和角，还是输得一败涂地。

"这算是兴趣爱好兼生存确认吧。"

"七年前我退休后，发现事情非常不妙。因为动不动就能一个礼拜不跟任何人说话。有一次我感冒躺在床上，心里毛得慌。那一刻我意识到，要是就这么死了，等到有人发现，我也烂得差不多了。"

于是，齐藤先生就想起了年轻时热衷的将棋。只要学会规则，谁都能来一盘将棋。就算没什么对话，就算不怎么认识，都不成问题。

"现在每天都有人来，要是好几天没见到，我也会主动上门去找，反正彼此扶持吧。"

说到这里，门口传来一声"打扰啦"，接着自治会会长自己开门入室，还带了一位九十多岁的老爷子，是跟廉太郎家隔了三户的山田先生。

"哎，有先客呀。"

"嗯，正下到紧张时刻呢。"

"下吧下吧，我们随便坐坐。"

自治会会长和山田先生都熟门熟路地打开壁橱，拿了坐垫和备用的薄款将棋盘，接着自己泡了茶，开始摆子。

廉太郎很怀念这种毫不客气的感觉。他的大学宿舍生活差不多就是这样，学生们只要一有空就会跑去朋友房间，一起看书听音乐，一起打瞌睡，各自做喜欢的事情。没过多久，学生运动越闹越大，气氛越来越紧张，大家也就再也说不出自己更喜欢漫无目的的轻松聚会了。

总是近在咫尺，却不会过于黏腻。那是一种轻松愉快的淡漠。哪怕发现自己还有三手就要被将死，廉太郎还是很舒服。齐藤先生准备的点心里也有矢田制果的巧克力米脆。是经典的甜巧克力味。

换作以前，他可能会忍不住夸耀是自己研发了这款点心，然后来一篇长篇大论。人人都会夸耀自己的社会功绩，他也不能免俗。

现在，那种欲望就像入口即化的巧克力，消失得无影无踪。这也许是因为廉太郎处在了没有上下关系的环境里。他已经不是矢田制果的员工，只是一之濑廉太郎而已。以赤裸裸的身份面对他人，这让他有点不安，又有点害羞。

"要是你愿意，请随时过来吧。"

也许因为太久没有用脑，下完第二局他就觉得两眼生疼。廉太郎摘下眼镜揉了揉眼角，齐藤先生递来一瓶眼药水。

总跑过来会不会给人家添麻烦，伸会不会觉得自己很闲？这些想法竟然没有浮现在廉太郎脑中。

"嗯,那我就不客气了。"

他略过了所有客套话,露出爽朗的笑容。

# 三

初手①3一角成②,同玉——哎等等,这样2二银之后,玉就跑掉了。

那就1一角成,同玉,很好。2二银,三手将军。

廉太郎右手拿着铅笔,正在认真解棋谱。

他推了一把下滑的老花眼镜,写下正确答案。

他的目标是三分钟之内解开一个,然而时钟显示,他花了将近十分钟。关键在于初手判断错误了。

下个月他就七十岁了,莫非脑筋真的变慢了吗?好讨厌啊。他用铅笔屁股挠了挠太阳穴,开始解下一

---

① 将棋一方走一着棋为一"手",双方各走一着共计两手。
② 日本将棋的记法通常先记录棋子移动后的坐标,先写筋(横坐标)、再写段(纵坐标),最后写棋子名称。坐标以先手方看,横坐标是从最右列到最左列,用阿拉伯数字表示,为1到9;纵坐标是从最上行到最下行,用汉字表示,为一到九。

个棋谱。

虽然没有灵光一闪的瞬间,但他的精神很集中。廉太郎本来就喜欢根据提示解开谜题的过程,会一个劲用心思考,直到得出答案。

"太用心了小心发烧哦。"

杏子的声音透过了思考的缝隙。

哎呀,吵死了。第一次跟齐藤先生下完棋回来,他的确很累,一直想睡觉。不过这一个星期他连着去了三次邻居家,正在找回手感。

他当然下不过齐藤先生,但也在用心钻研。廉太郎已经很久没有积极钻研过什么事情,因此现在的日子变得不再无聊了。

初手3五金,不对,这样会被逃掉。那就1三角——

他太过热衷于解棋谱,顾不上回答杏子。

很好,同香,3五金,将军。小小的成就感像泡泡似的顺着侧腹涌了上来。

"十点半NHK杯就要开始了,你真的不看吗?"

"怎么,已经这么晚了?早说啊。"

"原来你能听见啊。"

还有两分钟。廉太郎连忙拿起了遥控器。

杏子无奈地摇摇头,撑着矮桌站了起来。

NHK杯第三轮第一局。对局者是历代连胜纪录最高的高中生棋士,普遍关注度可能也很高。负责主持的女棋士宣称将会"延长播放时间,不删减对局过程。"

廉太郎不太喜欢这个高中生棋士,因为他还只是个小孩儿,棋力却太强大了。而且明明是个小孩儿,却淡定得令人生厌。人不在年轻时经历点挫折,就长不成大人。廉太郎暗自为他的对手加油鼓劲——让他见识见识世间的严酷。其实廉太郎的情绪很好解释,无非是凡人对年轻天才的嫉妒。

杏子敞着起居室和厨房之间的拉门,对着水池洗东西。那边一直传来窸窸窣窣的动静,可是廉太郎几乎没有注意。

解说员做完介绍,对局终于开始。高中生棋士执后手,两边都是居飞车派,也许会是一场针尖对麦芒的对局。廉太郎摸着布满胡茬的下巴,忍不住前倾了身体。

"啊!"

就在那时,他突然听见一声短促的尖叫,顿时被拉回现实,转头看向厨房的杏子。

"怎么了!"

因为不是面朝外的厨房,他只能看见杏子的背影。廉太郎慌忙跑过去,担心妻子是不是切了手。

"啊,没什么,只是觉得萝卜有点冰。"

操作台上摆着砧板,上面还有半根萝卜。

"冰?"

"我刚从冰箱里拿出来。"

廉太郎抓住萝卜,的确冰凉冰凉的,但也不至于抓不住。何况就算握着冰块,也不会发出那种尖叫吧?

"让我看看手。"

杏子伸出了颤抖的手。由于抗癌药的副作用,她的触觉变得很麻木,但是对冰凉的东西特别敏感。仅仅是冰箱里的萝卜,就能像尖刀一样刺痛她。

最近,杏子开始抗拒生冷的食物。廉太郎百般相劝,让她至少喝点酸奶,可是杏子坚决摇头,说受不了那种痛苦。

抗癌药治疗已经进入第六周,现在正好是为期一周的停药期。上次进入停药期，杏子的副作用减轻了很多，但是每持续一个疗程，身体受到的伤害就会加重一些。现在她的指尖已经皲裂，涂了医生开的软膏也不顶用。而且皮肤也开始发黑，指甲都变形了。

"萝卜要怎么切？"

话音未落，炉子上的水已经烧开了。廉太郎打开水槽下的柜子，拿出菜刀。

"你不是在看将棋吗？"

"我也录像了，你别操心。"

但是做饭方面，杏子就得操心了。如果她不在一旁发出指令，廉太郎压根不知道该干什么。就算是切萝卜，不同的菜也有不同的切法。

"怎么切？"

"那就切成银杏叶吧。"

"那是什么形状啊。"

"就是半月形再切一半。"

"原来如此。"

廉太郎笨手笨脚地操作起来，切好的萝卜倒是真的跟银杏叶有几分相似。

"放进锅里就行吗?"

"嗯,麻烦你了。不如顺便学学怎么做味噌汤吧。"

这下算是骑虎难下了。

廉太郎依言加入萝卜,发现锅里烧的只是白水,不由得愣住了。

"你不是说味噌汤吗?"

"是啊,中午和晚上喝的。"

"不用煮高汤?"

"用这个呀。"

杏子抬手打开吊柜,拿出了装调味料的篮子,将一盒速溶高汤举到他面前。

"这样不好喝吧。"

廉太郎很传统,坚决认为这种调味料做不出好东西。莫非杏子因为手不方便,就学会了偷懒?他想象着味道寡淡的味噌汤,忍不住撇撇嘴。

"你说什么呢,我们家一直用这个的啊。"

"什么!"

"刚结婚那时,我自己熬了高汤做味噌汤,你却嫌味道淡。换成这个之后,你就一个劲说好喝呀。"

"——我吗?"

他不等杏子点头,心里已经有了数。他记得有段时间,杏子做的饭突然变得好吃了。原以为是她手艺有所提高,原来秘密在于这种调味料啊。

"除了你还有谁?"

"我一点都没发现。"

如果换作平时,他肯定会用大吼大叫来掩饰尴尬,不过整整四十二年啊,他竟一直认为这是自己家独特的味道,简直太可笑了,让他怎么都气不起来。

"哈哈,这可真是……"

他仰天大笑起来。杏子似乎以为他会生气,见此情景惊讶地眨了眨眼睛。

"不是我味觉不行,是速溶高汤品质太好。"

他本就不认为自己是个美食家,然而这也太惨烈了。凭借这种愚钝的味觉,他竟然做了一辈子零食的商品开发,简直可笑。

杏子讶异地看着笑个不停的廉太郎,很快也跟着笑了起来。

仔细想想,他平时好像总是板着一张脸。廉太郎本以为妻子是个缺乏感情起伏的女人,直到现在才发现,原来只要自己先笑起来就好。

笑声的协奏令人身心愉悦,舍不得停下来。

"有这么好笑吗?"廉太郎一直笑啊笑啊,直到杏子发出疑问。

## 四

用速溶高汤做的萝卜味噌汤正是他熟悉的"我的家味道"。

廉太郎啜了一口,长出一口气。温暖从下腹扩散开来。

长鲽鱼一夜干、浅渍白菜、昆布佃煮。这顿饭绝非山珍海味,但让人心中饱足。

"嗯,这种味噌汤我自己也能做。"

做这个汤没有窍门,只需换换不同的材料搭配就好。廉太郎无意识地想,看来今后至少能享用到味噌汤这种不变的味道了。

"是啊,就算别的菜是现成的熟食,只要多做一道味噌汤,就能保持营养均衡了。"

杏子也在谈"将来"的事情。廉太郎发现,自己不知何时已经接受了杏子的死，于是异常惊愕。

因为闷得慌，杏子在屋里从来不戴针织帽。她的头发就像雏鸟的绒毛，透出了底下皮肤的颜色。让她牺牲了手指触觉和头发的抗癌药治疗，到第二个疗程为止还能有效降低肿瘤标记物，但是从那以后，数值就在一点一点上升。

就算不看数值，单看杏子最近愈发瘦削的身体，廉太郎就感到胆战心惊，仿佛那具身体不仅存不住脂肪，也存不住生命。哪怕脑中拼命否定，廉太郎也已经悟到了。杏子的时间所剩无几。

决定将 NHK 杯录下来过后再看时，他就换了个频道。节目正在介绍一对老夫妇从东京搬到长野偏远小镇后的生活。他们跟邻居学习野泽泡菜的做法，开辟一小块田地种种瓜果，学烧柴炉。这个丈夫是否考虑过妻子先他而去的可能性？在那以后，他还能继续居住在那片不熟悉的土地上吗？

廉太郎似乎明白杏子为何喊他一起去扫沟渠了。丈夫今后注定孤独一人，但杏子不希望他从此孤立。一辈子只知道在外工作的男人，恐怕很难融入地区社群。

齐藤先生靠自己的努力融入了，廉太郎却需要有人推他一把。对此，杏子非常清楚。

廉太郎突然想起美智子哭泣的脸，还有那句"求求你，放过妈妈吧"。

这女人为何没有抛弃我？现在她已经时日无多，为何还要对我如此体贴？

心中闪过前所未有的疑问，廉太郎忍不住盯着妻子看了起来。

"怎么了？"

"你跟邻居家夫人关系很好吗？"

"哦？就是偶尔一起喝茶。"

那家夫人是否跟杏子商量过抛下丈夫离开这件事？杏子心中是否有过羡慕？

"后来你们还有联系吗？"

"怎么了，齐藤先生托你来打听吗？"

"没什么，我只是好奇。"

"那可真少见。"

杏子轻挑眉梢说道。因为廉太郎从来都懒得听别人的闲话。

"她很好，在大宫的文化中心教插花呢。"

"什么！"

"她原本就很想做这个工作，但是丈夫希望她专注家庭，所以不得不放弃。后来她高兴地对我说：'这下我终于能享受自己的人生了。'"

"自己的人生……"

筷子尖掉落了一粒米饭。听说她是等到儿子工作后才离的婚，那至少等了二十二年。在此期间，齐藤先生的前妻一直觉得那不是她自己的人生吗？

"你好像也想继续工作，而不是结婚吧？"

美智子曾经提起过这件事，从此他一直惦记在心里。廉太郎很想知道，妻子对女儿说这些事时，究竟是什么心情。

"是啊，当时正好觉得工作越来越有意思了。"

杏子结婚时已经出来工作了四年。地方银行的窗口岗位在当时普遍被认为是骑驴找马的工作，而且即使被课长拍着肩膀说"女大当嫁"，还劝她去相亲，在那个年代也还不算性骚扰。

"我其实心里很不舒服，因为好不容易从四大名校毕业出来嘛。可是就算留下了，也会被人说成老姑娘，肯定也不好受。"

廉太郎曾经也把公司的女员工统一叫成"女孩

子",当成端茶倒水的打杂角色,认为她们不过是装点职场的一抹色彩,差不多就该收拾收拾嫁人了。他甚至从来没有费神想过,那些女孩子都有各自不同的人生,也许还想一直工作下去。

"如果时代不一样,你会选择继续工作吗?"

"不知道呢。因为现在也可以在婚后继续工作的嘛。"

他从未把杏子当成过社会人,但是从她操持家务和管理家庭的能力来看,杏子说不定是个很有潜力的人。一直以来,廉太郎都觉得女人理应成为家庭主妇,只需在家里做事。可是,杏子又作何感想呢?

"我也为家人拼命工作了一辈子啊。"

"嗯,我很感谢你。"

"那你为什么对美智子说,自己还想继续工作?"

母女的关系很亲密,母亲肯定会对女儿说一些绝不告诉丈夫的心里话。一想到杏子可能也有齐藤先生的前妻那种悔恨,他就感到胸闷。

"哦,那是因为美智子当时很烦恼啊。"

杏子嚼着海带佃煮,满不在乎地说。

"那孩子生下飒君后,不是回去上过班嘛。可是飒君经常发烧,她也总得申请早退去接孩子,就在那种尴尬的时期,又怀上了凪。"

美智子专科毕业后进了一家保险公司当客服专员,在长子出生之前,好像已经做到了主任职位。

"她特别崩溃,觉得再也干不下去了。虽然怀上孩子是喜事,美智子却哇哇大哭,还问我'你后悔过吗?',所以我才对她说了那些话。我告诉她,我结婚时的确很想继续工作,但现在并不后悔。"

"真的吗?"

"说谎有什么用呢?我很喜欢美智子和惠子,也很喜欢这个家。"

虽然自己没有名列其中,但廉太郎并没有产生疑问,反倒松了口气。原来妻子并没有对女儿说过"早知道不该跟你爸结婚"这种诅咒的话语。

"虽然有好几次我想杀了你。"

"喂……"

杏子虽然用了调侃的语气,但目光里没有一丝笑意。回头反省自己的行为,廉太郎倒也挺赞同她的话。

"比如呢?"

"确诊癌症时,你没陪我去。"

"真对不起。"

"哎，你好老实啊。"

"我是觉得对不起你啊。"

廉太郎喝完剩下的味噌汤，露出气鼓鼓的表情。

"你那可不是觉得对不起的脸。"杏子笑着说。

"还有呢？"

"这个嘛——"

杏子安静下来，垂着目光。廉太郎发现她的眼睫毛也脱落了。肯定也是药物的副作用。此时此刻，他愿意为了这个女人忏悔一切言行。

"我可不记得那么详细。"

"不对，你的表情显然是想到了什么。"

"怎么回事，你跟齐藤先生聊天时，心里产生什么想法了吗？"

杏子强行转移了话题，廉太郎一下就上钩了。

"没什么具体的想法，只觉得我跟他很像。"

专心投身工作的丈夫，一手承担家务和育儿重任的妻子。两者没什么共同语言，连孩子也不怎么与爸爸亲近。

日本应该遍地都是这样的夫妻，而且在廉太郎那个年代,这甚至是标准形态。

"然而齐藤先生的夫人走了,你却留了下来。这中间到底有什么差别呢?"

"你啊——"

他是不是该趁此机会说几句感谢的话呢?见杏子突然噙着眼泪,廉太郎有点害羞了。

"也许只是因为齐藤先生的前妻掌握了一门手艺?"

他转过头说,顺势放下了筷子。移居到长野的老夫妻正在电视上假笑着说:"我们从来不吵架。"

"你说对了。"

要是美智子听见他刚才的失言,恐怕会当场爆炸。然而杏子只是无奈地耸了耸肩,然后合掌说道:"谢谢款待。"

## 五

"你有什么想做的事吗?"

他对妻子清洗餐具的背影问了一句。这并非心血来潮。

自从决定辞去工作,廉太郎一直在思考这件事。几十年来,妻子吃了不少苦,应该让她自由自在地生活了。然而杏子没什么欲望,不管他怎么问,每次都搪塞过去。

"想干什么都行。温泉旅行、寺庙巡礼、观赏红叶,都可以。"

这附近也快到赏叶的时节了。也许他们还能优哉游哉地逛到川越那一带。虽然就住在埼玉,廉太郎却从未去过川越。

"什么都行吗?"

杏子给出了少见的反应。她把洗好的碗倒扣在沥水篮里,关上了水龙头。

"对,什么都行。"

廉太郎盘腿坐在起居室,朝她探出了身子。

杏子一边擦手,一边微笑着转过头来。看到那个笑容,廉太郎突然感到不妙。

"只要在可能实现的范围内。"他慌忙补充道。

"这的确算是可能实现的范围。"

虽然是个天气晴好的午后,吹了这么长时间的风,他还是有点冷。廉太郎把尼龙厚夹克的拉链拉到最顶端,扯了一把蔷薇叶子。

"真对不起,因为我的指尖没什么感觉了。"

杏子戴着针织帽,早早翻出了羽绒服裹在身上。因为没什么肉,风吹在身上一定很冷吧。

"这根本不是你想做的事,而是你想叫我做的事吧。"

给院子里的蔷薇做修剪和诱引。这就是杏子的回答。"我不是这个意思啊。"廉太郎嘀嘀咕咕,老大不情愿地接过了杏子递来的园艺手套。

"如果不做好,明年就开不出好看的花了。"

"明年啊……"

时间过得真快,今年只剩下一个多月了。杏子宝贵的每一天都像闪电一样转瞬即逝,可她却把时间用在了训练廉太郎做家务和照顾蔷薇上面。廉太郎越想越急,难道她就没有其他想做的事情吗?

"做园艺发呆很危险哦。"

"哇!"

不小心扯到的蔷薇藤像鞭子一样冲着脸甩了过来。既然是蔷薇,上面当然有刺。廉太郎堪堪避开了,这要是甩到眼睛,那可就麻烦了。

"就算戴着手套,棘刺也会钩住皮肤或者衣服,所以要小心。"

"干吗不早点说?"

腋下渗出一阵冷汗。真的要小心点了。

接下来这个季节,蔷薇将进入休眠期,必须趁这个时候修剪掉过度生长的枝叶,同时安排好藤蔓的生长方向。廉太郎好不容易拔完了叶子,杏子又递过来一把园艺剪。

"用这个剪掉细枝和过度纠结的枝条。看到比筷"

子细的剪掉就对了。"

"差不多这样的?"

"没错。对准分枝的地方,在稍高处剪下去。"

杏子的指令特别详细。廉太郎照着她的话开始修剪,然而稍微一拉扯,藤条还是会像鞭子一样弹回来,所以他剪得心惊胆战。

"中途会长出新枝,你就剪掉这条老枝吧。"

"新枝?"

"是指春夏时期新长出来的粗壮枝条。你瞧,它跟老枝颜色不一样。"

的确,老枝已经呈现出树皮的颜色,新枝还是绿色的。

"能长这么多吗!"他惊讶了,没想到植物的生长竟能这般快速。

他剪完杏子指出的老枝,剩下的几乎都是绿色的新枝。那些枝条向下垂曲着,若是完全拉直,恐怕远比廉太郎要高出许多。他从中感知到了蓬勃的生命力。

与之相对,杏子却两手交叠在胸前,身体微微震颤。还没到十二月,她却怕冷得厉害。

"我基本上明白了,你快进屋去吧。"

"那怎么行,你别以为这么容易就能搞懂蔷薇!"

自己只是关心她的身体,反倒被骂了一通。他极少见到杏子这副炽热的模样,顿时被压了一头,只得支支吾吾,答不上话来。

"还有,那根枝条不能剪。植株基部生长出来的基枝非常重要,将来是要代替主枝的。"

"是吗?对不起。"

他被杏子的气势压得抬不起头来,悻悻地放开了抓在手上的枝条。他知道妻子在这片蔷薇上下了很大功夫,没想到她的热情竟如此巨大。

"还要诱引呢,你肯定不知道哪根枝条该固定在什么地方吧。"

诱引就是将蔷薇的枝条排布在事先在砖墙上安好的钢丝上。如果枝条过于密集,在枝繁叶茂的季节就容易闷出病害。因此,要在掌控整体平衡的同时细心布置形状。

"蔷薇有顶芽优势的特性,优先将养分输送到枝条末端以便开花。所以只要按照与地面平行的方向诱引,就能保证所有芽都是顶芽,能开出更多的花。"

尽管嘴唇都冻紫了,杏子还是神采奕奕地谈论着蔷薇。

廉太郎尝试回忆，好像等到两个女儿都长大懂事，杏子才在庭院里种下了蔷薇。也许，她需要一些倾注感情的对象。

"知道了，知道了，麻烦你去贴几片暖宝宝好吗？"

去年买回来的存货应该还没用完。

杏子又叮嘱了一句"先别动手"，然后才转身走向玄关。

诱引蔷薇很费神。因为要用细麻绳将枝条固定在钢丝上，戴着手套很难操作。廉太郎干脆徒手作业，结果被刺扎了不知多少下，好几次还被鞭子一样的枝条抽到脸上，痛得声音都发不出来。

"原来蔷薇真的很费事啊。"

好不容易得到了杏子勉强及格的认可，廉太郎捶了捶僵硬的腰部。

"谢谢你。"杏子满意地眯起了眼睛。

"下次开花可能就是我能看到的最后一次了。"

叩击腰部的手不自然地停了下来。眼前的蔷薇虽然只是一片好似枯枝的光景，但很快就要萌发绿叶，开出洁白清纯的花朵了。

"花期是什么时候？"

"五月。"

啊，他想起来了。杏子被医生宣告余命一年的时候，空气中的确飘荡着蔷薇的香气。

"秋天也会再开一轮，只是不知道能否看到了。"

一定能看到！然而无论再怎么渴望，廉太郎也说不出口。

杏子凝视着只有秃枝的蔷薇，仿佛看见了盛开的模样，嘴角勾起微笑。

"这片蔷薇也只能开到明年了呀。"

"为什么？"

"因为没人照料它了呀。"

"我来照料不就行了？"

杏子惊讶的脸庞近在咫尺，就像以前买给美智子的喝牛奶的玩偶。她双眼圆睁，大张着嘴，看起来有点傻。

"可是，打理蔷薇很麻烦。"

"那有什么关系，反正我很闲。"

至少他已经学会了修剪和诱引,今后应该做什么,再让杏子慢慢教就好了。

"这不是你的宝贝蔷薇嘛。"

"是啊。"

杏子的目光又转向了蔷薇。这几十年来,他们二人是否曾像现在这样并肩而坐,看着同一个方向呢?

"进屋吧,外面太冷了。"

廉太郎的手也快冻僵了,可是当他握住杏子的手时,却感到了死人般的冰冷。

# 第六章

# 傲慢

一

打湿的手指一片通红,还感到阵阵刺痛。迎面吹来的风宛如尖利的钢针,吹得露在外面的耳朵也疼痛不已。

廉太郎放下卷起的报纸,朝掌心哈了口气。温热潮湿的气息打在了手上。他吸了吸鼻子。

就在他套上厚外套的兜帽,系紧帽绳后,杏子从屋里喊了一声:"外面很冷吧,要不要暖宝宝?"

"拿来吧。"

没必要强忍着被冻感冒。他接过暖宝宝,贴在腰上。

杏子站在外廊,发出几声轻笑。

"你这样好像哆啦A梦。"

虽然外套是灰色的,不过映在玻璃上的头部,的确又大又圆。

"我才没有又矮又胖。"

廉太郎不服气地说完,又抓起了报纸。

今天是十二月二十九日,他正在做年底大扫除。面朝外廊的落地窗很大,擦起来很费功夫。杏子说:"外面这么冷,你就别勉强了。"可他一时意气用事,脱口说出:"不,要做就做好!"

他希望能在家中窗明几净地迎接新年。而且,今年可能是一家人团聚的最后机会了。

胸口传来一阵钝痛,廉太郎加重了力道,抓着打湿的报纸奋力擦拭窗户。就在不久前,杏子告诉他,擦窗户用报纸最干净。

"要不我也帮忙吧。"

"开什么玩笑,你给我暖暖和和待在家里。"

廉太郎摆摆手做了个赶人的动作。天气预报都说今天特别冷,要注意保暖。杏子现在免疫力这么低,不能让她乱来。他心想,你赶紧关上窗子,钻被炉里去。

"哦,对了,刚才惠子给我发消息,说马上就到春日部了。"

"是嘛。"

大多数企业都是今天开始休息。小女儿惠子每年都会在自己家休息两天，大年夜再回老家，但今年是一放假就回来。

自从得知惠子有个女性伴侣，廉太郎就没有跟她联系过。直到现在他都不确定，自己该如何面对这个女儿。

如果她在车站乘公交车回来，留给廉太郎的思考时间就不多了。他刚决定要以父亲的身份坚决反对，就听见一阵刹车声，显然是有辆出租车停在了家门前。

一个人付了车钱，提着小行李箱下了车——那正是惠子。她穿着长到膝盖的黑色羽绒服、黑裤子和黑鞋子，还是往常那副一身黑的模样。

家里院子很小，惠子刚走到大门外，就跟他对上了目光。

"哇，吓我一跳！"

看见几乎贴在落地窗上的廉太郎，惠子难以置信地瞪大了眼睛。


惠子说要帮忙，先回了一趟房间，换上不知什么年代留下来的运动衫和羽绒服走了回来。光穿这点衣服肯定很冷，于是杏子塞了暖宝宝给她，还递了一条围巾，待遇明显好于廉太郎。

"才刚回来，怎么不睡一觉呢？"

"没事，我在新干线上一路睡过来的，正想活动活动身体。"

廉太郎万万没想到，女儿一回来就会跟他一起擦窗户。虽然两个人相处有点尴尬，但他不能让杏子一直待在冰凉的外廊上。

"好了，你赶紧进去喝口热茶。"

"知道啦。那我顺便洗洗茶渍吧。"

这女人看见周围的人都在干活，显然自己也闲不住。可是厨房也很冷啊。

"记得开暖炉。"

听见廉太郎琐碎的叮嘱，杏子摆摆手，又应了一声"知道啦"。

外廊另一侧的纸门合上了，杏子的脚步也渐渐远去，于是廉太郎继续擦起了窗户。他把搓成一团的报纸浸在水里，然后从上到下顺着玻璃表面画"之"字形。据说报纸上的墨水能去除油污，不需要另外使用清洁剂，而且能把玻璃擦得闪闪发光。

落地窗外侧附着了尘土，报纸很快就变黑了。好在这东西不像抹布那样需要洗,可以随用随扔,还顺带处理了旧报纸。

嗯,这样的效率的确不错。旁边的惠子用不着他来解释,早就动作娴熟地擦起来了。

该怎么提起伴侣这件事呢?说不定惠子会主动向他解释?

廉太郎决定静观其变,默默地继续干活。美智子忍受不了沉默,肯定会马上跟他说话,可惠子却特别安静。废品回收的车辆开过时,还能稍微打破一下沉默,随着车声远去,他的心情变得更加沉重。

"妈妈的手什么时候变成那样了?"

总算开口了。不过她好像不打算主动提起伴侣的事情。

"从夏末开始,慢慢变成那样的。"

杏子的手还是颜色发黑,干枯开裂,指甲变形。现在不仅是手,连脚底也这样了。

"是嘛。我只听说她掉头发了。"

接过暖宝宝时,惠子肯定发现了母亲的情况,并且吃了一惊。不过这个女儿自控能力很好,一点都没有表露出来。

"妈比我想象的更有活力，但也更瘦。"

惠子六月以后就没见过母亲了。因为她最近刚被提拔为部长，杏子叮嘱她太忙就别回来了，而她实际也空不出时间。

虽然母女俩经常通话发信息，但亲眼看见母亲虚弱的模样，可能打击还是很大。就连每天跟杏子一起生活的廉太郎，每每看到杏子刚起床或低头看书时露出的纤细后颈，都会心中一颤。

"我刚才看见你在做大扫除，还有点难以置信。不过现在想通了。"

杏子那副模样，肯定做不了大扫除。

擦好一面窗户，廉太郎又拿了一张干报纸，搓成一团擦掉窗户上残留的水渍。杏子告诉他，干擦要打圈擦最好。

"其实我只要努努力，也不是做不到。"

"可你从来都不做啊。以前到了年末，你总是出去钓鱼、打高尔夫，要么就打弹子。"

"因为待在家里也没事做嘛。"

"家里一大堆事情做。我们忙着做大扫除，出去采购，还要做年夜饭，都快脚不沾地了。你没看见吗？"

"所以我不是很自觉地出去了，以免碍事嘛。"

"真好意思说。"

其实，过年放假这几天，廉太郎在家里一直待得很不自在。女人们来回忙碌，搞得他也静不下心来。由于他平时就没参与过家务，便决定还是到外面去打发时间，这样至少不会碍事。

"我没地方待。"

"地方不是别人帮你准备的，是你自己争取的。不过啊，过去的事就算了，因为你如今就在这里，没有逃避。"

"怎么逃避啊？就剩我一个了。"

如果其中一个女儿留在家里，他现在恐怕早就丢下重担出去钓鱼了。他会竭尽全力逃避现实，跷着脚作壁上观。现在仔细想想，自己的确一直都在依赖妻子和女儿。

"以后我会常回来看看。"

"别勉强自己。要是连你也搞坏了身体，妈妈会难过的。"

"爸，你才是。现在还乱喝酒吗？"

"没有了，适量喝酒。"

听见女儿关心自己的身体，他突然感到鼻子一酸。他很想找个人大哭一场，但又不想轻易示弱。

为了防止自己失控，廉太郎换了个话题。

"你跟你那个伴侣，处得还好吗？"

他本打算坚决反对，话一出口却成了迎合的语气。

"嗯，很好。"

"那人是干什么的？"

"营养管理师。"

"哦，原来有正经工作啊。"

"我们一开始就没有靠男人生活的打算，所以对工作都很上心。"

我们——廉太郎嘀咕道。他感觉，女儿用这个词与他心中期待的"普通"的人生划清了界限。

"你们在大阪认识的？"

"嗯。"

"怎么认识的？"

"别问这么多啦。"

他又不是出于好奇才问的。当然，他不是完全没有好奇过两个女人在私底下如何亲近，可他完全不打算问那种下三烂的问题。

"我只是担心你。"

"那真是谢谢了。不过我也很担心爸爸。"

"我有什么可担心——"

不对,他自己就能数出好多值得担心的事情。毕竟杏子得病前,他一刻都没想过妻子先去世的可能性,简直天真得可笑。

"哎,你好啊。忙着呢?"

远处传来声音。他回过头,发现齐藤先生从爬满蔷薇的围墙后面探出了头。

"是啊,女儿刚回来了。"

廉太郎十分害羞地说。这话听起来不像炫耀吧?齐藤先生的儿子住在福冈,过年也不回家。听说他只看过孙辈的照片。

"那太好了。你女儿长得好大了啊。"

齐藤先生的笑容没有一丝阴霾,打消了廉太郎的担忧。惠子也朝他点了点头。

"自治会会长的儿子一家后天也要回来。"

"啊,那位业余三段的?"

"我叫他带儿子过来玩。"

"到时候请一定叫上我。"

"知道了。那我先走啦。"

齐藤先生摆摆手离开了,也许是去散步。如果换作不久以前,廉太郎可能会担心别人说他妻管严,不愿意让人看到自己做家务的光景。不过现在,他已经不在乎了。

"刚才那是隔壁的齐藤叔叔吧?"惠子说着,开始擦下一面窗,"你跟他关系很好?"

"哦,那个人下将棋特别厉害。"

"是嘛。"

在廉太郎面前没什么笑脸的惠子竟勾起了嘴角。她盯着窗户上的污渍,小声说道:"那我担心的事情就少一样了。"

二

家里家外都做好了辞旧迎新的准备。

这一带的住户大多只在门口装饰简单的松枝门松。一之濑家同样，在大门两侧挂了只有彩绳束成的松枝。

"过年还是要神清气爽地过啊。"

惠子正在厨房做搭配跨年荞麦面的天妇罗，廉太郎则在旁边骄傲地说着。虽然厨房是杏子打扫的，但他把其他地方都擦了一遍，连灯罩和电视柜底部都没放过。

毕竟是自己亲自动手打扫干净的家，他现在特有成就感。杏子和惠子都在旁边直夸"爸爸真棒"，甚至让他有点飘飘然了。

天妇罗的材料有大虾和茼蒿。惠子说，用碳酸水化开小麦粉,能让面衣更松脆。廉太郎觉得这种做法很奇怪,但还是站在一边观察。杏子不能吃太油,所以单独给她做一份月见荞麦面。

"对了,你去银行没?"

在廉太郎的督促下,杏子坐在起居室的被炉旁休息。最近屋子里也很冷,所以她戴上了针织帽,还裹着围巾。

"啊,我忘了!"

之前,杏子叫他趁银行休息前换点新钞票。明天三个外孙就要来了,这可怎么办!

廉太郎拿起起居室架子上的钱包看了看,然而里面并没有能用来包红包的新钱。他皱着眉,想了个下策。

"要不把它熨平?"

"我多带了一点,可以换给你。"

"不愧是惠子!"

果然工作能力强的女人就是不一样。虽然他没看过女儿工作的样子,不过她被公司派去大阪成立新部门,现在又成了部长,应该很不错吧。

"你可不能告诉美智子。"

"哦?我要不要听呢……"

"多给你一千还不行吗?"

"我才不要。"

不知不觉,家里的气氛变得更温馨了。听了廉太郎和惠子的对话,连杏子也笑了起来。孩子出生后总有一点生疏的一家团圆,现在总算恢复了应有的样子。

"你会做吗?"

"不就是煮面嘛,太小看我了。"

非要等到杏子得病,一家人才真正团结起来,真是太讽刺了。尽管如此,廉太郎还是很高兴,拿出一口大锅烧起了水。

他都做了这么多,平时总爱挑刺的美智子也得点头认可吧。

说不定她还会说"爸,是我错了"。到时候,他就大方地原谅她吧。

没关系,今后我们一家人要好好相处。

也许因为沉浸在幻想中,他把荞麦面煮得有点发白了。

"爸,开一下车位好不好?"

元旦早上十点多,美智子也不按门铃就拉开了玄关门,朝屋里喊了一声。

外面那阵微弱的引擎声果然是美智子一家。

一之濑家的停车点在墙外。把车卖掉之后,总有人擅自停放在那个地方,于是廉太郎就去商场买了麻绳围起来。美智子是叫他去解开绳子。

"你忙着,我去吧。"

廉太郎正在往起居室搬备用的矮桌,惠子走过来拍了拍他。

"嗯。哎,小不点都长大了啊。"

门口突然变得特别热闹。"我不是小不点!"大声反驳的人应该是小外孙息吹。他才上小学一年级,不是小不点是什么?

"好了,老实坐着。"

也许很期待久违的外孙,杏子一大早就有点坐立不安。她正端着盘子要摆在桌上,却被廉太郎拦住了。

"这点小事我能自己做。"

"我来。'外婆'到那儿去!"

廉太郎指着旁边的椅子说道。那是为了让杏子久坐也不累而搬过来的,是一眼就能看见所有人的上座。

如何,我已经不是以前那个等着别人来伺候的我了。面对他骄傲的表情，杏子不情愿地答应了。

为了减轻做饭的负担，今年他们第一次在百货商场预订现成的年夜饭。那些菜品装在真空包装的袋子里送过来时，看起来一点都不诱人。不过惠子用漆器饭盒重新装了盘，现在看起来倒是挺有那么点意思了。不过外孙们不爱吃这种传统料理，他们也点了中餐的前菜。

虽然在努力控制表情，但廉太郎的心早就飘了。他一口气拿出了买好放在冰箱里的所有饮料，被女儿提醒了一句："这样等会儿都不冰了。"

外孙们不怎么过来，他也一整年没见这几个孩子了。杏子倒也还好，因为她偶尔会去美智子那边。廉太郎最后一次见到外孙，还是在息吹的小学入学典礼上。

玄关传来响动，应该是停好车了，正在排队脱鞋。紧接着是一阵轻快的脚步声，爱撒娇的小外孙息吹首先拉开了起居室的门。

"外婆！"

"哎，息吹君。新年快乐啊。"

息吹见到杏子就凑过去，一个劲地撒起了娇。瞧这个架势，他不怎么担心这孩子的将来。

"凪，先别玩游戏了。"

二外孙凪捧着游戏机走了进来，美智子还跟在背后训斥。他才上三年级，性格却有点冷淡，虽然整天打游戏，却明确说过"我长大了要考公务员"，还挺稳重。

"爸，妈，新年快乐。"

美智子的丈夫哲和捧着一升装的大吟酿走了进来。他戴着一副黑框眼镜，看起来有点弱不禁风。也许就因为他威严不足，才会被美智子管着。

最后，大外孙飒跟惠子聊着天走了进来。这下一家人就凑齐了，可是廉太郎一回头，看见站在门口的飒，心中一阵惊愕。

"你那脑袋是怎么回事！"

他想也没想就吼了一句。春天见面时，飒还是一头短发，现在已经留得快到肩膀了。这孩子的性格本来就有点柔弱，也是最让他担心的一个外孙。现在这副模样，简直成了女人嘛。

"大男人把头发留成这样，恶不恶心！"

室内一阵死寂。飒小脸煞白，站在那里直发抖。他还以为孩子会反驳，没想到那孩子一转身就跑了出去。

"啊,等等!"惠子马上追了过去。

"喂,美智子,那是怎么回事?学校也不说他吗?"

才上五年级就这样,真是太让人失望了。廉太郎连连摇头,完全忘了自己年轻时正值乡村摇滚热潮,也憧憬过长长的头发。

下一个瞬间,美智子的脸就贴了上来。紧接着,廉太郎就挨了一巴掌。清脆的声音响彻整个房间,他难以置信地看着自己的女儿。虽然不痛,但也是挨了女儿的打。他气得太阳穴突突直跳。

"你干什么!我是你爸!"

"闭嘴!你很了不起吗?!"

美智子的音量一点都不输给他。由于太过激动,她涨红的脸上还泛起了泪光。

"没大没小!"

他正要毫不客气地打回去,却被人从后面拉住了。

是哲和。女婿一迭连声地劝着"好了好了好了",连这种时候他都那么软绵绵。要是再年轻个十岁,廉太郎早就一把把这家伙掼到地下了。现在他却无力反击,只能痛恨自己的衰老。

"你没听妈说吗?"

女婿在耳边轻声问了一句,廉太郎不禁看向杏子。她也绷着脸,用谴责的目光看着他。

"上回不是说了吗?飒君正在留头发,准备捐出去。"

"什么意思?"

廉太郎疑惑地皱起了眉。他对这件事毫无印象,可能没注意听。也许捐头发这个事情太陌生了,他没有特意去理解那是什么意思。

"他参加了一个活动,捐头发制作医疗用的假发。"

杏子接着告诉他,捐发的最低长度是三十一厘米。

如此说来,他以前好像也随便看了一眼采访医疗美容师的节目,里面就提到过这个话题。当时他还没想到杏子会脱发,就快进过去了。

"他跟老师提交了申请,也对朋友解释过了,还带动班上一些长头发的孩子主动捐发。那是件特别有意义的事情。"

美智子攥着裙子,已经泣不成声。凩和息吹也盯着他,仿佛在责怪他弄哭了妈妈。

太尴尬了。闹成现在这样,错全在廉太郎身上。

可他真的不知道。这些人凭什么要一起针对他?

"对不起,是我没有好好解释过。"

见丈夫处境尴尬,杏子还是忍不住帮腔了。廉太郎一心只想着减轻自己的罪恶感,连忙抓住那个机会。

"没错,你也有问题。"

"不要乱说!"

美智子的怒喝仿佛连大地都震撼了。若是尖厉的嘶叫,廉太郎倒还熟悉,如此低沉的吼声听着却宛如另一个人,连外孙们都吓得缩了起来。

"就算不知道,也没有人会说自己的外孙恶心吧?所以我才不想带孩子来见你。整天就知道给他们灌输什么男子汉气概,你有完没完!"

原来是美智子故意不带孩子来见他吗?

廉太郎感到全身的气力都流失了。哲和也许觉得他不会再动手,也慢慢放开了他。

飒刚出生时,情况还不至于这样。因为是第一个孙辈,两家来往比现在频繁很多。随着第二个和第三个孩子的出生,美智子越来越不爱带孩子来了。廉太郎以为她只是太忙。不,他是希望女儿真的只是太忙。

"你还特别针对飒。那孩子不过是剩了一点菠菜,你就吼他:'将来成不了强壮的男人!'那次他想要天蓝色的书包,你又坚持说:'男人必须要黑色!'他带了自己喜欢的玩偶过来,你就笑话他'女里女气'。他想学钢琴的时候,你又嚷嚷着让他'改学空手道'!"

美智子的记忆力真是令人咋舌。这些事廉太郎都不太记得了,但她既然能如数家珍,恐怕是真的发生过。

然而,他说那些话还不都是为了外孙们长成优秀的人才?

"男孩子就该有男孩子样,这样说有什么错?飒的性格又那么软弱,更要严格教育。"

"哪里软弱了?他心疼外婆的病,自己去查了能做的事情,还独自说服了学校老师。你说他到底哪里软弱了!"

大过年的,怎么就变成这样了呢。美智子气得发癫,哲和却缩在一边。息吹紧紧贴着杏子,一副脆弱少年的模样,凪则盯着手上的游戏机,事不关己地说"飒飒好可怜"。

这也许是杏子的最后一个新年,他只想和和睦睦地度过。美智子怎么就不明白,现在不是为这种小事吵架的时候呢?

"够了,大过年的,吵什么吵呢。"

"道歉!"

他已经做出了让步,想就此息事宁人,但美智子依旧咄咄相逼。

"你没有资格说'够了',这句话只能由飒来说。去向他道歉!"

他知道自己一时冲动说错了话,何必这么大声嚷嚷呢?

"好,我道歉。我道歉还不行吗?"

廉太郎抬起双手,做了个投降的姿势。

可是美智子依旧竖着眉毛,张着鼻孔,也不知还在气什么。

飒站在寒风瑟瑟的院子里啜泣,惠子则在一旁安慰。这小子太爱哭了,将来可怎么办啊!他越想越烦,但决定保持沉默。

廉太郎没穿外套就走了出来,搓着胳膊来到飒面前。美智子站在玄关门口,抱着胳膊监视他。

"飒,对不起。"

廉太郎告诫自己要有大人样，盯着飒脑袋上的发旋道了歉。柔软有光泽的头发在风中舞动，也许还要再留一段时间，才能长到能捐赠的长度。虽然那些头发不一定能变成杏子的假发，可这孩子还是想到了自己能尽一份力的办法，很了不起。

"我们握手言和吧。你能原谅我吗？"

眼泪不是说停就能停下的。廉太郎已经伸出了手，飒还在小声呜咽。

"来吧。"他晃了晃手，飒才伸出了沾满泪水的右手。

用力一握，事情就算完了。他在屁股上擦了一把沾湿的手，又摸了摸飒的头。"好了，快进屋吃饭吧。站在这里会冻感冒的。"

惠子也跟廉太郎一样没穿外套，看起来很冷的样子。他把手搭在飒的背上，孩子乖巧地迈开了步子。

美智子站在敞开的门口，俨然地狱的看门犬。

"哼！"

廉太郎进屋时，她故意大声表示了不满。

# 三

往年,大女儿一家都会边吃边聊,一直待到天黑才回家。可是今天,他们三点多就离开了。

美智子一直没消气,飒又没什么精神,所以都没开口说话。哲和为了活跃气氛说了几个笑话,却无聊得令人气馁。

美智子把两个小儿子交给哲和照顾,自己一副看不见的模样,凪早早就吃完饭跑到旁边玩起了游戏。只有带着一点偶像气质的息吹一个劲表演学校教的才艺,孤军奋战了许久,最终还是累得败下阵来,喊着要回家。

美智子收拾干净他们自己用的餐具,临走前抓着杏子的手说:"要是你不想跟他过了,就到我家来。"至于廉太郎,她瞧都没瞧一眼。

"饭菜剩了好多啊。"

杏子一脸遗憾地看着桌上的残羹。廉太郎真想让美智子来看看她害她母亲露出的表情。因为一点伤害闹得最响的人,反而最不会考虑到她也伤害了别人。

"怕什么,我全都吃掉!"

他夹起鲑鱼海带卷,不顾喉头的紧绷,用力咽了下去。

订购的年夜饭的确很省事,然而保质期只到元旦。毕竟订单量大,要提前好多天开始做,可是年夜饭的由来不就是备好过年期间的饭菜,然后灶台停火,恭恭敬敬迎接岁神吗?这样根本不符合日本的风俗。他气哼哼地掰掉了虾头。

"爸,少喝点。"

他抓起哲和带过来却没喝几口的酒倒了一杯,惠子马上开口提醒了。前几天他才说自己没有乱喝酒来着。

"少啰唆,你们这帮人只知道自说自话。"

"这本来就是你的错啊。"

他知道,所以不是道歉了吗?女人就爱炒冷饭。

"你有什么好嚣张的?反正肯定是一点都不可爱吸引不到男人,才跟女人过了——"

"够了!"

杏子大喊一声打断了他。廉太郎转过头去,发现她眉头紧皱。

"那是你的亲女儿,别这样说她。"

他不想再让妻子承受压力,于是想也没想就说了声"抱歉"。

"惠子,你没事吧?"

"嗯,我没事。"

杏子并不理睬垂头丧气的廉太郎,而是关心起了女儿。惠子倒是不怎么在乎,一边摇头一边给自己倒酒。

接着,杏子长叹一声,似乎非常疲惫。她脸色的确不太好。

"我有点累,先去休息了。"

杏子披上披肩,摇摇晃晃地站了起来,看来是想进卧室。

"帮你铺床吧?"

"不用,我自己来。"

她拒绝了惠子的提议,拖着脚步离开了。

第八个疗程的抗癌药治疗还有两天才结束。也许杏子一直靠过年的心情勉强支撑着,现在已经耗尽了力气。

"妈妈很生气。"

惠子聆听着渐行渐远的脚步声，一脸严肃地说。

其实惠子也可以赌气回房间，可她还是说"不能浪费吃的"，留在了餐桌旁。比起歇斯底里的美智子，他更抓不住这个小女儿的心思。廉太郎觉得坐立不安，但又感觉先站起来就输了，只好苦苦坚持。

"啊，这酒真好喝。"

"是啊，好像是哲和家乡的酒。"

"原来如此，产米的地方。"

不痛不痒的对话和高浓度的酒精让冲上头顶的气血缓缓消融了。然而本该欢声笑语的年夜饭成了一桌残羹冷肴，让这微醺多出了几分空虚。

惠子仿佛一直在等待时机，突然开口道："爸，要不趁天还亮着，去神社拜拜吧？"

外面正在流行感冒，医生说不影响抗癌药治疗，所以他们夫妻俩都去打了流感疫苗。尽管如此，由于杏子免疫力下降，还是最好别往人多的地方跑。

既然如此，廉太郎就要连她那一份也好好拜。

"嗯，好吧。"

他点点头，还是难掩尴尬的心情。

由于天气冷，他们决定找个近的地方拜，就去了古利根川对岸的东八幡神社。也许因为春日部车站的西侧有一座春日部八幡神社，附近的人都管东八幡叫"下八幡"。

神社虽然不大，但是正殿历史悠久，显得古意盎然，因此廉太郎很喜欢这里。平时周围没什么人，但今天还是排起了参拜的队列。好在没把杏子拉出来，天实在太冷了。

神社界内的公园里，有一群孩子不畏北风地上蹿下跳。看到一个婴儿在祖父母的鼓励下摇摇摆摆地学步，一直默不作声的惠子也弯起了带着醉意的眼角。

"真可爱。"

这般大小的婴儿走起路来都有点不协调。美智子和惠子那时候也是头重脚轻，左摇右摆，让人直担心会不会摔倒。结果还真的栽倒在地，大哭大闹。这一切都像发生在昨天的事情。

"你喜欢小孩吗？"

"年轻时没什么兴趣，不过大约在三十岁前后吧，开始觉得孩子很可爱了。"

"那怎么——"

"抱歉,别对我有什么期待。我虽然喜欢孩子,但不喜欢男人。"

希望还没萌芽就被打碎了,廉太郎只好闭上嘴。白色的气息渗入手织的围巾,捂得下巴有点潮湿。

他能问女儿为何不喜欢男人吗?

听说女孩对男性的观点很受父亲的影响,将来可能会喜欢上类似父亲的人。美智子说:"我想找个跟你完全相反的人,所以嫁了哲君。"不过,她的择偶标准依旧是"父亲"。

也许,惠子也受到了一定影响。他有点害怕,所以问不出口。

就在廉太郎苦思冥想之时,轮到他们参拜了。他在功德箱前掏出钱包,犹豫了片刻,抽出一万日元。

"放这么多啊?"

惠子吃了一惊,手上的千元钞票滑进了功德箱。

"因为今年的愿望很大。"

他狠狠心投下了钞票,随后依照参拜的步骤,用力拍了两下手。

请保佑杏子尽量多活几天。请保佑杏子不再痛苦。请保佑我们还能见到外孙。请保佑他们健康成长。请保佑女儿们健健康康,跟伴侣幸福生活。还有,还有……

"你拜太久了。"

因为后面还有人等着,惠子拉着他让到了一边。廉太郎站在正殿侧面,还在继续祈祷。

还有,请保佑杏子多一点笑容。

"钞票金额和愿望好像没什么关系。"

惠子怎么好说他,一般人压根不会往功德箱里塞钞票。

"有什么关系,这是心意问题。"

他跟惠子走上了回程。周围已经笼罩了一层淡淡的暮色。

穿过人群后,迎面就是一阵元旦清爽的空气。夕阳西下的寂寥突然涌上心头,让他有点想忏悔。

"惠子啊。"

廉太郎凝视着左侧奔流的古利根川,喊了女儿一声。记得不久前,有个陌生的年轻人曾在这里骂过他是"老害"。可是,又有谁能一直活在世上,却不给别人造成影响呢?

"我是不是个很差劲的父亲?"

听见这个唐突的问题,惠子也没有放慢脚步。黑色皮鞋踏出了有规律的响声。

"怎么说呢?"

惠子看着前方,微微歪着头。她并不是在卖关子,而是在仔细思考。

"我小的时候,爸爸好像没什么存在感。因为你几乎不在家,回到家我们也睡了。我觉得自己好像是跟母亲相依为命的孩子。"

一大早出门上班,直到深夜才下班回来。有这么一段时间,他的确只能看到孩子们的睡脸。虽然多少有点寂寞,但他那时候最投入的还是工作。

"跟别人家比较肯定会没完没了,何况你一不会打骂我们,二不会对我们产生不正当的欲望。既不会冻着我们,也不会饿着我们,还给我们出了上大学的学费。不过那句'本来可以不供女人上大学,这次就格外开恩'的确多余了。除此之外,我都很感谢你,也觉得你为这个家做了努力。所以,应该算很称职吧。"

这女儿口口声声说感谢,却不着痕迹地混进了一些抱怨。但是她语气很平淡，廉太郎也就没有发火。

"但我不知道姐姐怎么看你。也许她看到其他孩子的父亲，心里希望你再多付出一点。比如希望你去看学校的运动会，希望你休息日多陪她玩，希望你夸她长得可爱。"

"我觉得你跟美智子都很可爱。"

"现在我们能明白，可是你说话总是很违心。"

"男人轻易不说心里话。"

"嗯，爸爸肯定就是受着这种教育长大的吧。"

走到桥上，风开始从下往上吹。廉太郎按住围巾，免得被风吹走。

"广岛的爷爷特别重男轻女吧？我以前听到过，他说妈妈的肚子不争气，生不出带把的。而且他给秋君的红包比我们多三倍，还说女人有了钱就不干好事。"

秋君是廉太郎姐姐的儿子，惠子她们的表哥。廉太郎对此一无所知。难怪美智子和惠子后来再也不愿去广岛了，他还以为是女儿任性不懂事。

"那一代的男人都这样。"

"我猜也是。不过现在时代已经变了，我们也要随之更新价值观。"

过完桥,惠子回过头来。她已经快四十岁了,但比廉太郎那时的四十岁明显年轻很多。也许因为没生过孩子,她的身材跟二十多岁差不多。

"你那条围巾,是妈妈为你庆祝花甲大寿织的吧?"

女儿这么一说,廉太郎便看了一眼自己按住的围巾。这条围巾用了藏蓝色的毛线,还织出了麻绳一样的花纹,特别精致。这十年来,他每到冬天就爱用这条围巾,所以毛线都有点老化了。

"你很爱惜它呢。"

"因为我喜欢。"

"如果爸爸能把心里的话如实说出来,听到的人一定会很高兴。所以请你不要藏在心里。"

惠子专门把他叫出来,就是为了说这个吗?女儿坚定的声音在渐渐浓郁的暮色中回荡,廉太郎忘了回答,定定地看着她沐浴在夕阳中的脸庞。

不知为何,他感到很孤单。美智子和惠子都不知不觉长大成人,抛下了廉太郎。

她们的童年一闪而逝,只留下一些可爱的记忆碎片。第一次翻身、第一次站立、第一次说话、第一次行走、赛跑得了第一名、考试得了一百分……这些都是他从杏子口中得知的消息。早知道孩子长得这么快，他就该硬挤出一点时间陪她们。也许因为他退休了，心里才会产生这样的想法。

"惠子，刚才对不起。"

不等廉太郎说完，惠子就转过了身。走在前方的背影显得高挑笔挺。

"我不在意，因为本来就不指望爸爸能说出好话。"

他心里明白。惠子之所以不像美智子那样大吼大叫，并非因为性格温柔，而是早已认定了自己的父亲永远不会改变。

"就算是这样，我也要道歉。那不是我的真心话。"

"我知道。"

惠子吐出的气息飘向了天空。

愈发高远的淡紫色天空下，惠子的身体成了一道细细的剪影。河岸上的枯草在风中静静摇摆，他想一直记住这个光景，直到自己死去。

廉太郎心中腾起丧失的预感，忍不住拼尽全力想将眼前的风景镌刻在记忆中。

## 四

美智子他们离开后,当天下午杏子就变得很不舒服,卧床了一段时间。她说身体十分疲倦,仿佛要一直陷进地底。

可是,她同时又开始闹肚子,不得不经常起身上厕所,让廉太郎担心不已。后来干脆把被褥搬到离厕所最近的起居室,让她睡在那里。

惠子本来打算住到三号,因为这件事一直拖到四号晚上才走。五号就要上班了,廉太郎担心她得不到充分的休息,但惠子坚持要留下来。

"你这么忙,真对不起。"

杏子一个劲地道歉,惠子则一直对她说:"妈,别道歉了,我不想听。"她晚上睡在母亲旁边,还扶着母亲上厕所。多亏了这个女儿,廉太郎才能睡上好觉。

杏子身体不舒服的日子，他每次听见痛苦的呻吟、呕吐的声音和冲厕所的声音都会惊醒过来，而且一醒来就再也睡不着觉，因此一直缺乏睡眠。那天他一觉醒来，听见窗外的小鸟已经在唱歌，久违地体会到了感动的心情。

"爸，你可能没发现，其实你也瘦了一些。医院应该也会关心保守治疗患者的家属，你别硬撑着，在倒下之前一定要问问医生。"

惠子见他顶着淡淡的黑眼圈，便说了这番话。照看杏子不同于照看有痊愈希望的病人，因为他知道杏子时日无多，心里总会有种被逼进幽深洞穴的抑郁感。

杏子做不了的事情一天天变多了。每次看到她像幼儿一样奋力摆弄睡衣纽扣，廉太郎就心神不宁，只想大声尖叫。

尽管如此，他还是从未想过向别人倾诉自己的痛苦。因为他坚持认为，男人有苦不能说。

"那肯定不行吧？"

"为什么不行？你要相信医生，人家可是专业的。"

惠子无奈地转过头，用同样是杏子教的方法操作洗衣机。

杏子教女儿们做家务的态度并非女孩子应该做这些，而更倾向于培养她们的独立生活能力。廉太郎经历了没有杏子的生活，才后知后觉地发现他根本没办法一个人活下去。

也许因为口服希罗达的疗程结束了，四号白天，杏子已经能坐起身来，也吃了不少惠子熬的粥。

太好了。廉太郎好歹是松了口气。八个疗程的抗癌药算是用完了。

就算以后可能还会尝试别的抗癌药，但现在总归能休息一段时间。必须趁此期间尽量给杏子恢复体力。

如果情况不错，明天就让她试试爬楼梯或者拉伸等轻量运动。然后要在饮食中增加蛋白质。今晚的粥就放点鸡肉吧。

"老头子，来一下好吗？"

他干劲十足地翻开了图书馆借来的《用免疫力战胜癌症》，还没来得及看，就听见了杏子的声音。

"惠子也来。"

正在厨房洗碗的惠子也被叫过去了。

这么一本正经的，要说什么啊？廉太郎莫名其妙地等着她开口。等惠子一边在围裙上擦手，一边坐到矮桌旁，杏子就郑重其事地开口了。

"这段时间，我自己想了很多。"

她在卖什么关子？难道真听了美智子的话，决定抛弃廉太郎，到女儿那边住？他一下就想到了最坏的可能，惊得冒了一头汗。

不过，杏子道出的想法完全超出了他的预料。

"我打算暂时停止抗癌药治疗。"

"什么？"

在场所有人里，好像只有廉太郎吃了一惊。惠子表情淡定，还微微点了一下头。

也许母女俩并排睡在起居室那一晚，已经谈过这件事了。

"为什么？第八个疗程的结果不是还没出来吗？"

"不用看也知道。这段时间肿瘤标记物不是一直在缓慢增长吗？"

"多亏了抗癌药，才仅仅是缓慢增长啊！"

想象到停药后癌细胞的增长速度，廉太郎不禁喉头一紧。

"但是这样过不了普通的日常生活，实在太痛苦了。"

为了那个"普通的日常生活",你就要牺牲寿命吗!

丈夫希望妻子尽量多活几天,妻子却希望直到最后都能活得像个人。杏子很清楚两人的矛盾不可调和,才趁女儿还在的时候提起了这个话题。

"这是妈妈自己的身体。我觉得你可以向医生咨询过后,自己做决定。"

惠子摘下围裙叠起来,点了一下头。

# 第七章

# 觉悟

一

敞开的窗外吹来了阵阵清风。

现在只穿一件薄毛衣,也已经不会冷了。阳光落在窗边,坐着坐着就有点昏昏欲睡。

"一之濑先生,一之濑先生。"

听到有人叫他名字,廉太郎猛地睁开了眼。只见隔壁的齐藤先生正笑眯眯地看着他。

"你没事吧?累了?"

糟糕,正在下棋呢。他慌忙看向棋盘,然后惊呆了。

什么时候被将死了?他竟然直到现在才发现,可见精神早就不集中了。

"我、我输了。"

他干脆地认了输。其实挤出这句话的瞬间最为痛苦,因为将棋是一种只要不接受失败就能鏖战很久的竞技，就算与对手实力差距甚大，人有时候也会忍不住死撑不放。

"不好意思，有点走神。"

"我懂，今天挺暖和的。"

时间已经是三月中旬，最近气温突然升高了不少。今天更是阳光明媚，他一大早起来，抓紧时间洗了三筒衣服。今晚应该就能睡上刚晾好的干净床单了。

"休息一会儿吧，我去泡茶。"

齐藤先生双手撑在膝盖上，吆喝一声站了起来。

"谢谢。"

廉太郎应了一声，眼睛还盯着棋盘。他想知道，究竟哪一手下错了？

可是，他突然想到别的事情，忍不住叫了一声。

"齐藤先生，请等一等。"

由于一直盘腿坐着，他的腿已经麻了。可他还是强撑着站起来，摇摇晃晃地跟上了走向厨房的齐藤先生。

"嗯，怎么了？"

齐藤先生停在厨房门口，等廉太郎跟上他。

"我有件事想拜托你。"他有点害臊，可是没办法，

"能教我泡茶吗？"

听到那意想不到的请求，齐藤先生愣住了。廉太郎感到耳朵开始发烫。

"最近我一直在自己泡茶，但是泡出来特别难喝。所以我想问问，有没有什么诀窍。"

廉太郎听说喝绿茶可以抗癌，每次饭后都让杏子喝茶。也许因为关节不太好，杏子说倒茶的时候手腕很痛，所以廉太郎决定亲手给她泡。

可他泡出来的茶很难喝。一开始又苦又涩，于是他减少了茶叶的量，结果又太淡了。好不容易觉得茶汤的颜色恰到好处，又喝不出一点风味。尽管如此，杏子还是从不抱怨，每次都乖乖喝下去。

如果能知道哪里做得不好，他就能改正。因为他想让杏子喝到好茶，而且自己也想喝。

这时他想到，齐藤先生泡的茶总是很好喝。于是他产生了疑问——究竟哪里不一样了？

"这能有什么诀窍啊。"

齐藤先生有点为难地想了想，接着朝廉太郎招招手，让他站到水槽前。

"也许是因为这个。"

齐藤先生抻开了茶叶的包装袋。廉太郎念出上面的文字。

"热汤煎茶？"

"对。绿茶要先用汤冷子降低水温，特别麻烦。不过这种茶叶可以用开水冲，而且不会涩。"

"哦？"

竟然有这么方便的东西，他从来没听说过。

他们隔着收好了棋子的将棋盘对坐，一人捧着一杯茶。跟齐藤先生相处的距离感让他感到很舒心。如果隔着餐桌或是并肩而坐，他总觉得有点难为情，因此即便是休息时间，他们也会回到棋盘前。

"哎，这个金锷饼挺好吃啊。"

"是自治会会长拎过来的。"

"原来如此。"

自治会会长是个退休老教师，以前干到过校长的职位，直到现在都有很多人来送礼。他们两夫妻吃不完，就经常带点好东西过来分享。以前廉太郎在这里见到的巧克力米脆也是那样得来的。

"哈哈。"

"怎么了?"

"没什么,我就是想到,要是自治会会长在这里,咱们就不能开窗了。"

他一下就听懂了齐藤先生失笑的原因,自己也笑了起来。

"他的花粉症太严重了。"

自治会会长的花粉症严重到他坚称自己"能肉眼看见花粉"。要是谁敢当着他的面开窗,他就要嚷嚷:"黄色军团入侵了!"由于他平时是个稳重可靠的人,那一刻的落差显得十分滑稽。

不能尽情享受和煦的春风,会长也太可怜了。廉太郎眯起了眼睛,又有点犯困。

就在那时,隔壁传来了孩子尖厉的欢笑声。

"哦?那边好热闹啊。"

那就是廉太郎的家。大女儿美智子带三个外孙过来玩了。

"他们太吵了,真不好意思。"

"没什么,热闹是好事。"

孩子的声音尖厉,传得很远。尤其是小学男生,简直跟半个猴子差不多。也不知什么事情那么好笑,近乎悲鸣的笑声一直响个不停。

"外婆，外婆！快看！"

那是小外孙息吹的声音。不知为什么，孩子特别兴奋。杏子被那阵嘈杂包围，会不会很累呀？

尽管是他请美智子多让妈妈看几眼外孙，但廉太郎还是有点担心。

知会了廉太郎和惠子后，杏子果然停止了抗癌药治疗。她坚持以后只接受缓和痛苦的治疗，加入了医院的姑息治疗门诊。医生提示临终时可以选择在家接受护理，但杏子明确表示，等病症恶化后，就入住姑息治疗病房。

她为什么一个人决定了那么多？廉太郎的心情完全跟不上杏子的节奏。

廉太郎其实反对她停止治疗，哪怕只能延长一两个月的寿命，他也不想放弃。

可是自从停用了抗癌药，杏子变得特别有活力。她能够自由活动的时间变多了，能吃的东西也变多了，还特别积极地打理庭院。她双手的副作用有所缓解，连味觉也恢复了不少。前不久她还用廉太郎钓回来的眼张鱼做了煮鱼块，直呼真好吃。

"我再也不想吃味同嚼蜡的饭了。"听到杏子这样说,廉太郎也就没忍心逼她继续治疗。

杏子寿命的倒计时似乎开始加速,令廉太郎倍感焦虑。他给美智子打了电话,再次为元旦的失言道歉,并求她让杏子多见见可爱的外孙们。

"要是你不想见到我,那你们来的时候,我就出去。"他甚至做出了这样的让步。

因此,廉太郎只能一边听着自己家传来的欢声笑语,一边跟齐藤先生下棋。他无法融入那个圈子,完全拜他自己所赐。

"男孩子就是有精神。不过我几乎不记得自己儿子那么大的时候了。"

齐藤先生嘀咕了一句让他不知如何回应的话。廉太郎忘了咀嚼,直接咽下了最后一块金锷饼。

他喝了口茶冲掉嘴里的甜腻。这壶煎茶只不过是往茶壶里倒了开水,但是冲出来的茶汤依旧风味十足。

"再来一局吗?"

两个年龄相仿的男人,怀抱着类型相似的孤寂。廉太郎没有细想,而是摆起了棋子。

"清醒了吗?"

齐藤先生淡淡的笑意中,似乎蕴含着很深的东西。
"托你的福。"
廉太郎只得苦笑。

## 二

他被齐藤先生连赢三局,已经是出的气多进的气少。就在那时,杏子发来消息告诉他:"美智子他们回去了。"

他再也没有力气发起挑战,便垂头丧气地回了家。

"哎,你回来啦。"

见廉太郎收到信息后马上回来了,杏子显得有点不好意思。虽说能见到外孙,但每次都要赶走丈夫,她难免有些同情。不过是廉太郎自己搞砸了他跟女儿一家的关系,所以杏子不需要为这件事发愁。

"累了吗?"

"不累,反而得到了能量。"

话虽这么说,杏子却瘫坐在起居室的靠背椅上。显然是精神上得到了能量,肉体却没能跟上。尽管如此，她的脸色还是好了很多。

"美智子带了很多能长期保存的小菜过来，只要煮米饭就能对付一顿。"

难怪听见孩子们欢笑的时候，他还闻到了很香的味道。

廉太郎打开冰箱一看，发现里面层层叠叠堆着好些个保鲜盒。美智子在家忙着带孩子，竟还能抽出时间做这么多东西，真了不起。

"难怪那闺女越来越胖了。"

"你说话真的要注意点。"

"那我该怎么说。"

"直接夸女儿了不起，你很高兴，很感谢她呀。"

他心里是这么想的，可是很难说出口。

"我去淘米。"

廉太郎卷起毛衣袖子走进厨房。他挺喜欢这个工作，因为能清空大脑。

唰唰唰、唰唰唰，他控制着力道，以免大米碎裂。

"飒君要在毕业典礼上致辞呢。"

"哦？"

"凪君很喜欢编程课。这个课马上就要被定为必修课了。"

"小学生就要上那种课啦？"

"息吹君情人节收了五个巧克力，正发愁怎么回礼呢。"

"那小子太爱表现了。"

杏子每次都会向廉太郎逐一汇报外孙们的近况，仿佛把这当成了自己的义务。

女儿们小时候，杏子也经常这样。"芙蓉蛋的鸡蛋是美智子打的呢。""惠子是班上第一个背熟了乘法表的学生。"诸如此类。

廉太郎停下动作，回过头去。

"那几个孩子都很棒嘛。"

他只说了短短一句话，杏子却露出了灿烂的笑容。

不过是夸一句外孙，就能让她这么高兴吗？然而廉太郎很少夸人，甚至包括家人。

"希望飒君能念好。"

"毕业典礼是什么时候？"

"三月二十五日。"

廉太郎看了一眼餐柜旁边的挂历。只剩下不到一周了。

"要去看吗？"

孩子的祖辈能参加那种仪式吗？他不太清楚会场能容纳多少人。

"哎，不是飒君毕业啊。"

"啊？哦，原来是送别致辞啊。"

飒还在上五年级，一年后才毕业。

"你怎么回事，连外孙几岁都记不住。"

"一时间弄错了。"他坚持自己没有忘，只是不慎弄错了而已，"你不也漏了一个叉吗？"

杏子每过一天就要在日历上画个叉。今天是星期日，星期六那一格却空着没有画。

"哎呀，那可不行。"杏子拿起水笔站了起来，但是拔不出笔帽，急得有点手忙脚乱。

"给我吧。"

廉太郎擦了擦手，帮她拔出笔帽。看来杏子的触觉还没完全恢复。

"我说，"他抓着笔问了一声，杏子看着他，眨了眨眼睛，"真的要在挂历上画叉吗？"

他心里明白，这只是杏子的生活习惯。而且在杏子得病之前，他从来没在意过日历画叉这件事。

可是，杏子的时间已经所剩无多，真的要用叉来填满余下的日子吗？眼看着二人一同度过的时间被划去，他感到无比寂寥。

"要不改成画圈吧？"

见杏子不说话，他提出了替代方案。虽然每个月都要撕掉，但既然要画，还是画圈好。

"你瞧我真是的，不知什么时候就形成了习惯。"

杏子兀自喃喃了一句，朝他伸出手。廉太郎把笔递给她，看着她在昨天的日期上画了个圈。乍一看，那天就像发生了很特别的好事一样。

"嗯，这样很不错。"

"对啊，这样更好。"

今天、明天、后天，杏子陪在他身旁的每一天，都是特殊的日子。今后就用挂历上的圈，记住每一个容易被遗忘的日常吧。

廉太郎满意地点点头。

他设好电饭煲时间，回到起居室撑着矮桌坐了下来。可能因为下棋时一直没换姿势，膝盖到现在还有点痛。还是身体最清楚自己的年龄。

"老头子，跟我一起写这个吧？"

杏子在他对面坐下来，拿出两本册子。

《为"那一天"准备的临终笔记》

本子封面上印着一行大字，不戴老花镜也能看清。

"这是啥？"

"我请美智子买来的，因为等到有个万一，那就太迟了。"

廉太郎翻了翻里面的内容，内心不以为然。他听说过这样的东西，是为了让人留下临终遗言用的。

"你买这东西干什么？"

"医生说，今后我的握力下降，搞不好会拿不起笔，所以要趁现在先把重要的事情记下来。"

那句话深深刺痛了廉太郎。

杏子的主治医生已经不是那个大肠外科的"小天真"，而是负责姑息治疗门诊的"熊医生"。他看起来就像一头性格温和的熊，而且在患者面前从不避讳"死亡"。

"就算只有短暂的时间，也要直面死亡，重新审视生命。这个过程也许很痛苦，但为了能够有尊严地离开这个世界，它也非常重要。"

那天，熊医生用诚恳的目光看着他们，说出了这句话。他的话温和而有力，甚至让廉太郎觉得不希望妻子死去的想法只是自己的傲慢。

"怎么连我都要写？"

他试图压抑感情，语气却变得特别冷淡。尽管如此，杏子还是爽朗地笑了。

"你都七十了，该面对这种事情了。我们得自己为自己的临终做打算呀。"

杏子拿起圆珠笔和老花镜递给他，似乎要他少说废话。廉太郎皱起了眉。

"我还要写自己的年表吗？"

翻开第一页，上面要他填写希望谁看到这本笔记，希望谁负责保管它。下一页一上来就是"关于我"的版面。

姓名、出生年月日、血型、出生地、籍贯、血缘关系表，这些还算正常。可是廉太郎忍不住想，谁想看一个老头的年表啊？"我的回忆"那一栏底下还有"托儿所、幼儿园时期""小学时期""初中时期""高中时期""大学、其他学校时期""走上社会以后"等等，看到这么细的项目，他愈发觉得烦了。

下面还有"兴趣爱好""美好回忆""伤心和痛苦

的回忆""失败的往事""挑战过的难题"等等。他可不想让女儿和外孙看到这些东西。

"我已经叫她尽量买自身经历项目比较少的版本了。"

"这也叫比较少?"

难道世上的老年人都对自己的人生如此自信?

不过,假如杏子没有得病,廉太郎肯定也会毫不犹豫地写出来。因为他自负,认为自己是为社会创造过价值,有过贡献的成年人。他会认为,应该把自己的智慧和经验传承下去。

"谁好意思写这种东西啊。"

回首自己的一生,他不禁感到脸颊发热。他连这个陪伴了自己一辈子的女人都救不了,有什么好吹嘘的? 廉太郎假装挠痒,拭去了眼角的泪水。

"也别这么说嘛。你对幼儿园有什么回忆吗?"

"这么早的事情,怎么记得住?"

"哦? 我可记住了不少。我很喜欢红叶班的小贵,他跑步可快了。"

"什么? 你可真早熟。"

话说回来,二人还真没有聊过彼此的童年。杏子嫁过来时没带相簿，所以他连照片都没看过。

"每次我被坏孩子欺负，他一定会过来帮我。"

"这么帅吗？"

廉太郎骤然觉得自己在做男人方面输给了一个五六岁的孩子，气得直哼哼。他很想跟杏子多聊一点这种事情。

"上小学的我也记得。那时我的外号是'泷'。"

"为什么？"

"你上音乐课学过吧？"

"哦，你说泷廉太郎[①]啊。"

杏子恍然大悟，接着哼起了"箱根山岳险天下"。杏子曾被邀请参加过家长委员会组建的合唱部，现在声音却彻底没有了张力。廉太郎心里清楚，那不仅仅是因为上了年纪。

"有一次争夺校园阵地，我被高年级的学生揍得浑身是伤。因为特别不甘心，我就开始练空手道了。"

"哈哈，真像你的性格。"

杏子的声音很轻柔，就像拂过脸颊的微风。那是

---

① 泷廉太郎（1879—1903），日本音乐家、作曲家，明治西洋音乐黎明期的代表人物之一。下述歌词出自其谱曲的作品《箱根八里》（词：鸟居忱）。

对天真无邪的年少时的廉太郎露出的笑容。想到女儿们就是在这样的目光中长大的,他不禁有点羡慕。

"四年级的时候,我喜欢上了哥哥经常带到家里来玩的朋友。"

"喂,你怎么一直在聊男人?"

"你瞧,这里还有贴照片的地方呢。"

她没有理睬廉太郎的不满,像个学生一样兴奋地说道。那一定是故意的。廉太郎抿起了嘴唇,决心不让杏子那些久远的往事激起嫉妒心。

"我们好久没拍照片了。"

"那现在就拍吧。来,笑一个。"

他听见咔嚓一声,不知杏子何时打开了手机。

"哎呀,一张苦瓜脸。"

"喂,等等。"

"你也看看啊,这里。"

见杏子招手,他便挪了过去,正要仔细打量手机屏幕,杏子却凑了过来。

"来,茄子!"

随着老掉牙的口号,两人的面孔被镜头捕捉下来。这就是所谓的自拍。

"嗯，拍得真好。"

"干什么啊，又不是小姑娘了。"

杏子笑着比了个剪刀手，廉太郎却皱着眉，一脸惊讶。仔细一看，他们真的老了。

"难得拍一张，叫美智子打印出来吧。"

"你要发那个给她？"

"嗯，已经发了。"

动作好快。杏子只比他小两岁，为何这么会摆弄这些高科技呢。

"啊哈哈哈，美智子说'爸爸好丑'，太过分了。"

美智子的回复也好快。其实是因为这个女儿来家里玩也不看一眼父亲，杏子才用这种委婉的方式向她汇报了近况吧。

这人怎么总想着为别人好？

这次他假装挠眼角也掩盖不住，干脆站起来说"我去泡茶"。

三

面对并非餐后的茶水,杏子没有提出疑问。廉太郎不禁想,她装作不知情的行为,不知帮了自己多大的忙。如果对象不是杏子,他们的婚姻生活恐怕持续不了那么久。

"哎,真好喝。"

杏子吹凉了茶水,然后喝下一口,顿时瞪大了眼睛。由于茶杯烫得握都握不住,也许她对茶汤的味道并没有期待。

这是他第一次听到正面的反馈。请齐藤先生分了一点茶叶果然是正确的选择。

廉太郎特别得意,拽过了一个字都没写的笔记本。

"这些'回忆'不需要每项都写吧?"

"是啊,你可以等到以后真的想回顾人生了再写。"

"等到什么时候我都不会写。"

有什么好回顾的？到时候杏子已经不在身边，不会微笑着对他说"我也记得这件事"。

廉太郎胡乱翻过页面，看见了"以备不时之需"的标题。在此之前，有整整十二页篇幅分给了人生经历。

其实，真正重要的才刚开始。

首先是几个有关看护的问题。

- 关于看护
① 当我罹患痴呆症或卧床不起时
  □希望在家中接受看护
  □希望在儿女家中接受看护
  □希望在医院或护理院接受看护
  □根据情况选择最合适的看护地点

之所以采用勾选的形式，应该是为了让意思更明确。

廉太郎想到了徘徊在春日部车站门口的那个人。当时他被家人一左一右地搀扶着渐渐远去的背影……自从辞去工作，廉太郎就再也没有每天定时出现在车站。那位仁兄至今还在重复通勤的行为吗？

他可不想给女儿添那种麻烦。

"第三项吧。"

他属于团块世代，很难说届时有没有空位，但廉太郎还是毫不犹豫地勾选了那一项。

下一个项目是什么？

"进入需要看护的阶段时，护理费用如何处理？嗯……'用我的养老金及存款支付'吧。"

再下一项是进入需要看护的阶段后，如何进行财产管理。虽然会添麻烦，但也只能交给女儿了。

廉太郎一一勾选了自己希望的选项。看护的后面是有关医疗的问题。

重病告知选择"如实告知"，器官捐赠选择"已填写捐赠卡"，然后是延命治疗——

他停下了动作。

选项有三个。

☐希望接受延命治疗
☐希望接受缓和痛苦的用药，但不希望单纯
　延续生命的治疗

☐ 由家人判断

廉太郎的圆珠笔停在了第二个方框上。

他小心翼翼地抬起头。杏子看着廉太郎的手,说了一句:

"如果自己选,肯定会这样选择吧?"

廉太郎的父亲是在医院去世的。他当时接到病危通知,立刻赶了过去。父亲躺在病床上,身体连接着各种各样的管子,人已经极度衰弱了,还做了胃部造瘘,处在"仅存一口气"的状态。

当时廉太郎清醒地认识到,自己不想这样活着。

母亲和姐姐完全是出于关心才选择了那样的治疗,因为停止延命治疗等于眼睁睁看着父亲死去。如此沉重的选择,家人如何能决定呢?

"对啊,有道理。"

廉太郎低下头,勾选了第二个方格。这下他总算明白了,自己必须填写这些东西。如此一来,就不需要女儿面对这些选择了。同时,这也是为了让廉太郎自己直面杏子的死亡。

"老头子。"

一只冰冷的手搭在了他的手上。

"没关系，我没问题。"

如果说出真实的心情，实在是太痛苦了。尽管如此，这也是廉太郎必须接受的痛苦。他不希望杏子被困在病床上直到死去，他希望她的余生能多一点光彩。

杏子有节奏地拍着他的手背，仿佛在安慰他。

不对，需要安慰的是她才对。真没出息，都这种时候了，他还需要杏子来给他力量。

"老头子，趁我还能动，要不要去泡个温泉？"

之前不是还说老夫老妻的不好意思嘛。

廉太郎摘下老花眼镜，揉了揉眼角，勉强挤出一个笑容。

"真的吗？世上的太太们因为不满意在旅馆里也要伺候丈夫喝茶，都不爱跟他们出门旅行呢。"

"是啊，如果换作以前，我可能也不想去。"

杏子微笑着说出了格外辛辣的话语。

"不过你现在已经能泡很好喝的茶啦。"

"喂……"

廉太郎现在已经不同于以往那个连袜子放哪都不知道的自己了。就算不甩手扔给杏子，他也能自己打包行李,说不定泡完温泉,还能给杏子做个按摩。回家之后,他也能一手包办洗衣服的任务。只不过,泡茶就——

廉太郎本来想隐瞒茶叶的秘密,把这当成自己的功劳。

但他还是改变了主意,决定向杏子坦白。

## 四

被晒得刺眼的白色汗衫在蔚蓝的天空下轻轻摇摆。使用添加荧光剂的洗衣液，果然洗出来的效果不一般。廉太郎拿起一件又一件洗好的衣物，晾在杆子上。

如果是阴天，他一般把衣服晾在有屋檐遮挡的二楼阳台。像今天这种阳光灿烂的日子，还是晾在院子里更舒服。

四月一日，春日部正值樱花盛开的时节。待会跟杏子到附近散散步应该很不错。不知箱根的樱花开了多少？

虽然他在泡茶这件事上作弊的行为遭到曝光，但他们最后还是决定去温泉。谈好之后，他赶紧联系旅行公司，请那边帮忙预订箱根的旅馆。虽然有点匆忙，但还是订到了带露天温泉的房间。

杏子也许并不在意，但如果不想让人看见病弱的身体和手术痕迹，她可以选择泡套房自带的温泉。考虑到这点，自带露天温泉就成了必要条件。

两人一起出行，这话说出来着实有点让人害羞。听说女儿们都对杏子千叮万嘱，要她"随便怎么任性都行"。对此，廉太郎多少有点害怕，但也暗自决定，未来两天绝不提起让人沮丧的事情，跟杏子玩个痛快。

杏子坐在外廊上，边晒太阳边看廉太郎晾衣服。这个光景固然温馨，可她腿上却摆着前几天带回家的墓园小册子，还看得津津有味。

"我觉得还是树葬好。"

怎么又说这个了？那天杏子拿出临终笔记后，夫妻俩就提到了墓地的话题。

他们填写笔记时，遇到了"葬礼、墓地、埋葬"的项目。那一刻，廉太郎才知道原来可以在生前预定葬礼。

这也太心急了。只不过自己死后，让沉浸在悲伤中的亲人不得不抽出空来选择殡仪馆和殡葬方案，着实有些残酷。只要自己先选定，就能给亲人减轻一些负担。

他希望搞个只有亲人参加的小葬礼，因为工作上的联系，如今等同于断绝了。

廉太郎把大半辈子都贡献给了工作，仍旧躲不过人走茶凉的下场。毕竟那本来就不是能维持到最后的缘分，加之退休前那几年，他在公司也成了不少人的眼中钉。

廉太郎终于坦白自己被调到生产线工作时，杏子笑着说："我早就知道了。因为你每天回家，身上都有很香的味道。"

那还真是个盲点，因为他闻不出自己身上的气味。没想到这点小心思早就被妻子察觉，廉太郎羞得抬不起头来。

"那也挺好呀。你上班不再穿西装那天，我总算松了口气，知道这个人终于放手了。"

杏子真的什么都知道。

现在问题是墓地。

一之濑家的祖坟在廉太郎的故乡广岛，杏子说她不想被葬在那里。

"管理那座祖坟的人是你姐姐呀，我们平时都不怎么去扫墓，现在却要提出'请让我葬在里面'，做人不能太过分。"

如果父母被葬在那里，美智子和惠子肯定也不能坐视不管。那样一来，每次做法事都要出很远的门，还得分担管理费用。

"如果在这边买一块墓地，也得麻烦那两个孩子看管。"

美智子已经出嫁，不会跟父母同葬。惠子今后可能不会结婚，但也没有能接替她的孩子。花一大笔钱买了墓地，到最后反而会成为女儿的负担。

"所以我想选择树葬。"

廉太郎也是老年人，自然听说过这种安葬方式。不设墓碑，而是植树作为标记，不愧是喜爱植物的杏子能想到的方法。

这种葬法不讲究宗教派别，埼玉当地也有好几个地方提供这种服务。杏子不顾廉太郎的犹豫，马上要来了资料。

"你看看，是不是很不错？"

杏子转过小册子展示给他看。廉太郎晾好衣服，提着空篮子在她旁边坐了下来。

"庭院风?"

代替墓碑的标记植物是蔷薇,杏子肯定喜欢。安葬地点也近得很,从春日部过去只需搭乘一班东武伊势崎线的电车。

"嗯,还提供永久供养呢。"

殡葬设施可以长期代管,麻烦不到女儿,这个很好。

而且很便宜。如果选择合葬,每人只需十五万日元。就算一人一棵树,也只需三十五万日元,价格太实惠了。不仅如此,这种葬法只要交纳初期费用,后面无须续交管理费。

"我可以合葬。"

"什么?你真的要跟不认识的人一起被祭奠?"

因为骨灰会纳入专用的骨灰盒,不至于跟别人的骨灰混在一起。尽管如此,廉太郎还是无法接受。这么搞法,以后每次去上坟,不就连带着拜了陌生人吗?

"而且这东西我后面也加不进去。"

"哦,你也想加进来吗?"

杏子故意露出惊讶的表情,呛得廉太郎无言以对。难道她不想夫妻合葬?

"开玩笑啦。你瞧,这里有夫妻合葬。"

杏子马上翻开另一个套餐，仿佛想哄他开心。然而他脾气已经上来了，轻易安抚不了。

"你要是想一个人葬，那就一个人葬吧。"

"别闹别扭呀，我会等你的。"

"哼！"廉太郎气哼哼地夺过了杏子腿上的宣传册。光看照片，还真看不出这些是墓地。旁边还给配了白色的阳伞和长椅，整得挺像度假胜地。

这东西也就招女人孩子喜欢。廉太郎皱着鼻子想。

"有点不符合我的风格。"

"是吗？但是女儿们都同意。"

原来已经打点好关系了。

又是三对一。他明明还需要一点时间思考，可是家里的女人总是转眼间就能形成统一战线。

"到了蔷薇的花季，那里一定很漂亮。来扫墓还能顺便赏花。"

杏子平时很少提任性的要求，此时却用满是期待的目光看着他，显然特别想要这样的墓地。

如果廉太郎还是说不，她也许会放弃。可他不想看到杏子失望的表情。

既然杏子喜欢，那他只能妥协了。

"我们去实地看看吧。"

"真的吗?"

"嗯,要是能趁花期去就更好了。"

蔷薇的花期在五月,但杏子现在的身体还能出门旅行。也许能再坚持一个月。

廉太郎亲手做了诱引的蔷薇藤蔓上也长出了嫩叶。前几天,他在杏子的指导下施了促进出芽的肥料,开花指日可待。

杏子看向蔷薇藤上的绿芽,眯起眼睛若有所思,然后点点头说:"也好。"

# 五

出发前一夜,他们泡好澡吃过晚饭,早早就睡下了。彼此都是老年人,早上起得都早,但他还是希望杏子尽量多积攒一些体力。

明天到了箱根,还是尽量不要到处乱跑,待在旅馆里好好休息吧。听说那家旅馆的餐食很不错,换了个新环境,杏子早已丧失的食欲也许能恢复一些。她一直都很讨厌浪费,所以要先跟旅馆说好,稍微减一点量。

"晚安。"他说完就盖上了被单,然而迟迟无法入睡。

因为太期待明天的旅行而睡不着觉,这跟小孩子有什么区别?廉太郎无声地露出了苦笑。

不过他比小孩子有经验,知道越急越睡不着。活到这把年纪,他已经清楚哪怕只是闭上眼睛静静躺着,也能恢复体力。

他决定顺其自然,反正慢慢就能睡着。旁边传来了安静的鼻息声。只要杏子睡着了就好。

杏子呼气时,还会发出"哔、哔"的轻响。廉太郎忍着笑,静静倾听那个声音。哔——哔——哔——太好了,杏子还活着。

慢慢地,廉太郎也陷入了浅眠。

半梦半醒时,他好像听见了微弱的呻吟声。这是做梦吗?究竟是什么梦?

"呜、呜……"

痛苦的声音突然清晰起来。他被拉回现实,猛地坐起。

"怎么了!"

杏子在黑暗中蜷缩着身体。廉太郎一开灯,她就转头躲开了刺眼的光源。

"怎么了?肚子痛?"

杏子双手捂着腹部。他轻轻一摸,心中大惊。她的腹部鼓胀得厉害。

又是肠梗阻吗?廉太郎看了一眼时钟,刚过夜里两点，还要很久才天亮。

"你等着，我去叫救护车。"

他慌慌张张地站起来，却被扯住了睡衣下摆。杏子顶着一脸痛苦的汗水，对他摇了摇头。

"不……行。"

"哦，对啊。"

杏子的主治医生"熊医生"曾经叮嘱过，即使病情突然恶化，也不要叫救护车。一旦被送到急诊，就要被施以杏子不希望的延命治疗。因为急救科的任务就是拯救眼前患者的生命，与杏子的选择相悖。

廉太郎拿起手机，用不熟练的操作联系了姑息治疗病房。为了预防意外情况，他们事先存下了号码。熊医生正好在值夜班，马上接了电话。

"我这边准备好病房，请你马上叫车送病人过来。"

杏子又一次紧急入院了。

腹胀的原因不是肠梗阻，而是腹腔积液。

主治医生已经提醒过，随着病情发展，胸腔和腹腔都容易产生积液。杏子的病情已经进入了下一个阶段。

死亡的阴影正在靠近，廉太郎害怕得膝盖发抖。可现在不是害怕的时候。他刚才给应该还在睡觉的美智子和惠子打了电话，两人都无法马上赶过来。他拍拍脸，让自己振作，随后走进了杏子的病房。

姑息治疗病房都是单间，家人可以拉开折叠床睡在旁边。而且，这里也有另外收费的家属专用房。

杏子躺在床上，似乎有所缓解，看见廉太郎就微笑起来。医生只开了利尿剂，没有采取抽出积液的措施。

根据"熊医生"的说明，腹腔积液含有蛋白质、糖分、脂肪、氨基酸、电解质等身体必不可少的成分，就像一堆营养凝胶，抽掉了反而会加速衰弱。

有一种疗法叫CART，是将积液抽出来过滤，然后输回体内，但他建议"暂时先用利尿剂控制看看"。因为医保规定，CART每两星期只能使用一次，也许赶不上积液增加的速度。

希望利尿剂能起作用，让杏子轻松一些。廉太郎为了防止心情阴郁，故意挤出微笑，坐在了病床边的椅子上。今晚要住在这里了。

"老头子，真对不起。"

廉太郎缓缓摇了摇头。有什么好道歉的。

"可是旅行……"

对了,等到天亮,他还得联系旅行社取消行程。记得旅行开始前取消,只收五成的手续费。

"原来你在惦记那个啊。"

老实说,廉太郎也觉得有点可惜,但此时责怪不了杏子。"别在意。"他轻拍了几下杏子搭在被单外侧的手。

"医生说等你腹腔积液清掉了就能出院,到时候再计划旅行就是了。"

廉太郎那句违心的话在萧杀的病房里显得格外响亮。其实不用说也知道,杏子再也无法旅行了。她的身体已经开始在为那场永不回归的旅途做准备。

杏子心里可能也清楚。只见她长叹一声,似乎放弃了一些东西。

"不用出院了,我就在这里住到走吧。"

"你说什么呢!"廉太郎忘了现在还没天亮,一时没忍住提高了音量,还一拳砸向床垫,"家务活我全包了,你在家里住着更舒服吧。"

"没想到我有一天能从老头子嘴里听到那句话。"杏子笑了起来,可她的目光有点空虚,"可是以后再像今天这样出事，都要叫出租车往医院赶。我可不能给你添这种麻烦。"

"哪里麻烦了！"

如果这也叫麻烦，干脆别当夫妻了。夫妻不就是无论健康疾病，都要始终陪伴吗？他这个丈夫以前虽然毫无用处，但至少在这种时候，要能成为她的依靠。

"换成在家疗养吧。医院可以二十四小时上门救护，你舒舒服服待着就好。"

"你又瘦了呀。"

杏子盯着他最近多了不少皱纹的脖子，眼中涌出了如泉水般清澈的泪水。

"家里有人生病，最辛苦的其实是照顾的人吧。我的身体会越来越不行，连最基本的事情都做不了，肯定会给你添很多麻烦。"

"没关系，你多依靠我就好。"

杏子的嘴唇开始颤抖。她再也憋不住，泪水滑过了脸颊。

她其实是最想哭的人，却总把自己排在后面。这是个坏习惯。

廉太郎双手捧着杏子的脸。妻子像个孩子一样啜泣，让他怜爱不已。

"如果有什么想说的，你尽管说。就算是骂我，我也听着。"

汹涌的感情可能堵在了喉头，杏子用力吸了一口气，才挤出声音。

"我害怕。"

"嗯。"

廉太郎静静地听着。

"我怕痛。我怕吃不了饭。我怕没有力气。我还害怕睡觉，担心自己再也醒不过来了。"

"嗯，嗯。"

"我怕死。"

曾经，廉太郎一直疑惑杏子面临死亡为何能保持冷静。然而她并不是开悟的佛陀，只是没有向廉太郎表露出心中的恐惧。

廉太郎的软弱，让杏子变得过于坚强了。为了让靠不住的丈夫心灵免受打击，她一直在咬牙坚持。

廉太郎擦掉杏子脸上的泪水，但是又引出了更多泪水。

"我也害怕失去你。"

不过，杏子还在这里。痛苦的时候，他们可以一起流泪。

"对不起，对不起……"

"别道歉。"

"对不起，我要丢下你一个人了。"

杏子紧紧抱着他，力量却十分微弱。廉太郎的泪水落在她的睡衣上，化作潮湿的水痕。

他从未想过，四十三年前带着紧张神情坐在相亲现场的那个女人，如今竟成了如此宝贵的存在。

他真想对那一刻的自己说，这女人最棒了，一定要像宝贝一样珍惜她。

其实，是我想道歉啊。

廉太郎咬紧牙关，不愿发出呜咽。停用抗癌药后，杏子的头发尚未完全生齐。他抬起手，轻抚她毛发稀疏的头。

"还有别的话要说吗？说我笨蛋白痴都可以。"

"那就笨蛋吧。你真是个笨蛋。"

"是啊，你说的没错。"

杏子的肩膀微微震颤。她笑了。

廉太郎也跟着笑了起来。说到笨蛋，他能记起的事迹实在太多了。

杏子完全卸去了力气,倚靠在廉太郎身上。

"老头子,院里的蔷薇快开了。"

"是啊,花还会再开。"

那将是如同新娘般洁白的花朵,乘着风送来阵阵甜香。

"我可以回家吗?"

"当然可以。"他用力点头,用身体的振动传达自己的感情,"因为那是你家啊。"

窗外渐渐泛起白色的天光。直到走廊传来人们走动的声音,廉太郎依旧无法放开杏子。

# 第八章

# 尊严

# 一

眼前飞过蒲公英的绒毛。绒毛乘上了微风,越过围墙飞出去了。廉太郎捶着腰,目送它远去。

打理院子总要不断站起坐下,让腰腿负担很大。他正按照杏子教的方法,给蔷薇疏芽。

蔷薇出芽时,同一个地方会发出好几茬新芽,这时要留下最强壮的芽,摘掉其他的芽。虽然有点可惜,不过这样一来,养分就能集中在剩下的芽上,让枝条抽得更壮,花朵开得更艳。

既然都这么说了,那就得照办。杏子满心期待着蔷薇开花,那当然要给她看到更多的花。

这样差不多了吧。廉太郎扎起垃圾袋,用脖子上的毛巾擦了把汗。临近黄金周,这几天一直阳光灿烂,白天在外面干活已经会出汗了。他身上散发着阳光和泥土的气味。

回头看向外廊,杏子靠坐在护理床上,隔着敞开的窗户看着他。廉太郎不好意思地挠了挠脸。

291

等到腹腔积水有所消退，杏子就回家了。他们在二十四小时出诊的居家姑息治疗诊所和上门护理站进行了登记，由医生和护士上门诊疗。而且，"熊医生"还介绍了如何申请看护保险，并手把手教他完成手续。

四十岁以上的癌症晚期患者就能申请看护保险，但是这种服务以老龄看护为主，所以响应有点慢。毕竟老化过程很慢，但癌症晚期的病情发展非常快。

他与看护主管面谈时，得知确认需要看护的认定得一个月才能开出来。廉太郎等不下去，便自费租了看护床，放在面朝外廊的起居室，将其改装成了杏子的卧室。

在这个位置，只要摇起床头，杏子就能欣赏到庭院的景色。遇到阳光灿烂的日子，连绿油油的杂草都显得格外漂亮。每当有蝴蝶或蜜蜂飞进来，杏子就会高兴地眯着眼，静静眺望。

廉太郎用户外的水龙头洗了手，筋疲力尽地坐在外廊上。不知名的小鸟叽叽喳喳地划过空中。这个季节的天空蓝得柔和，就像一幅粉彩画。

"老头子，谢谢你。"

杏子在背后向他道谢。她的声音很小，但已经竭尽全力。

"客气什么，侍弄花草还挺好玩的。"

廉太郎努力用开朗的话语回答了她。春天到来，植物的长势的确喜人，到处都在欢快地抽芽，几乎能听见它们时刻在生长的声音。他照顾得越细心，得到的成果就越显著，所以廉太郎甚至对院里的蔷薇产生了几分喜爱之情。他都有两个女儿了，却直到现在才初识养育的喜悦，说出来实在有些羞愧。

"蒲公英也长了不少啊。"

好不容易贷款买的独栋小家，廉太郎工作时却从未像现在这样悠闲地眺望过庭院。因为他实在没那个心思。只要一停下来，别的同事就会超过他。这让他难以忍受。

杏子轻笑一声。

"老头子，你肯定以为开黄花的小草都是蒲公英吧？"

"难道不是吗？"

"只有那边的两株是蒲公英，其他都是苦荬菜、黄鹌菜，那边那种大花叫苦菜，全都是菊科植物。"

"你好清楚啊。"

"是你太缺乏兴趣爱好了。"

"也对。以前哪里有空记花名,不如多花点时间做产品。"

他在通勤路上也从未留意过路边的野花,每天脚步匆匆地来去,转眼就到七十岁了。如果多知道一些花名,说不定能在工作中派上用场。是他视野太狭窄了。

"不过你很清楚鱼的名字。"

"因为我经常去钓鱼啊。"

"就是这个道理。"

他又回过头,发现杏子闭着眼,可能有点累了。最近她只要多说几句话,都会给身体造成负担,甚至没力气阅读自己喜欢的时代小说,整天只能睡觉。

"也对。那我以后得多记点花花草草的名字。"

只要多打理庭院,自然而然就能记住。

廉太郎不禁苦笑,看来他又多了一个爱好。不知不觉,他已经做起了独居的准备。

二楼传来下楼梯的脚步声,不一会儿,小女儿惠子就拉开了起居室的门。

"中午饭吃乌冬——啊!"

惠子见杏子睡着了,便没有说下去。廉太郎脱掉鞋子走进家中,轻轻关上了窗户。

在大阪工作的惠子申请了看护假,三天前回到这边,准备全力看护母亲。家庭中每出现一名需要看护的家人,就能申请共计九十三天的看护假期。

"别因为我的一点任性牺牲你自己的工作呀。"杏子表示了反对。

"但我已经请到假了。"惠子淡然回答道。

"大学毕业后,我一直在心无旁骛地工作,公司把我派到人生地不熟的大阪,我也二话不说就去了。这时候可以利用的制度,你就让我利用吧。"

早在廉太郎和杏子决定换成居家姑息治疗前,惠子就一点点做好了准备,甚至申请好了能够拿到正常工资百分之六十七的看护假工资,不可谓不周到。

"而且居家看护算什么任性。妈妈已经让我们任性了那么久,不准跟我客气!"

杏子虽然嘴上说"不要",但是看到远在他乡的女儿回来了,心里一定很高兴。因此虽然还有点犹豫,她还是微笑着说了"谢谢"。这人真的不擅长依赖别人。

"冰箱里有乌冬?"

廉太郎顾虑杏子,刻意压低了声音。

"没有,我打算出去买。"

仔细一看,惠子没穿家居服,而是换上了黑色衬衫和长裤。就算只是去趟附近的超市,不,也许正因为要在附近走动,她才不好意思穿高中时的运动服吧。

"是吗?那我也去。你等等。"

廉太郎与惠子擦身而过,要去洗手间洗手。

"啊,嗯。"

惠子给出困惑的回应时,他已经走远了。

## 二

距离最近的超市走路要花十五分钟。平时买大米和液体调料等沉重物资，杏子都利用了送货上门服务。除此之外，她一直都步行往返，声称可以顺便运动。

廉太郎记得，美智子和惠子还小的时候，杏子在自行车前后各装了一个座椅，经常带着两个女儿到处去。大概六十岁过后，杏子就不再骑车了。因为有一回她没能越过一个很小的坎，差点摔下车来，因此感到了体力的衰退。

"没想到我能跟爸爸一起上超市，真是太新鲜了。"

父女俩走在路上，惠子干笑了两声。见女儿戴着黑帽遮太阳，廉太郎也摸了摸脑袋，后悔没戴帽子出门。自从开始秃顶，他深刻体会到了头发的隔热防寒效果有多好。

"妈妈生病前,你可能一次都没进过超市吧?"

"一次都没有就过分了,只是很少而已。"

太阳已经升得老高,没走一半他就开始出汗了。现在这个时节倒还能忍受,真到了盛夏,一来一回肯定很痛苦。买房子的时候,真应该听听杏子的意见。

"要手帕吗?"

"嗯,谢谢。"

惠子可能注意到了他脑袋上的汗水,从包里拿出一块手巾递了过来。女儿让他收着,他就擦了一把汗,然后将手巾盖在了头上。这样多少能凉快一些。

又走了一段,廉太郎停在自动售货机前,问女儿要喝什么。惠子说要喝奶咖,他就买了奶咖算是手巾的回礼。接着,他也给自己买了一罐咖啡。听说甜咖啡会放很多糖,他就买了黑咖啡。

"你请假到什么时候?"

廉太郎打开拉环喝了一口,然后问道。惠子则啪地拧开了瓶盖。

"我先请了四十天假。"

"是嘛。"

居家姑息治疗诊所的医生告诉他,杏子可能只能支撑三个星期到四个星期。他伤心地想,四十天完全够用了。

"工作那边没关系吧?"

"什么?"

"会不会影响评估?"

这话若是在家里说,杏子也许会听到,所以他一直等到跟女儿出门的机会,才问了出来。廉太郎曾经也是社会人,自然会关注这些。

他知道惠子对工作很上心。也许她明白自己组建不了普通人眼中的家庭,才会更加注重自己的社会价值。可是现在,她却为了照顾母亲而请了这么久的假,廉太郎很担心女儿会错失晋升的机会。

"从规定上说,企业不能以申请看护假为理由阻碍员工发展。"

"这样啊。"

廉太郎那一辈都把不休息当作美德,所以他不太了解休假制度。既然不会造成影响,他也就放心了。

"但这只是表面说法,实际肯定会降级。"

"什么!"

廉太郎瞪大了眼睛。女儿好不容易当上了部长，这受到的影响也太大了。惠子的处境很不妙。

"那你还请什么假，万一回去被安排个闲职怎么办！"

他目睹过好几个类似的例子。若想保持晋升，就不能得重病、受伤。工作履历上不能出现空缺，这是混职场最重要的原则。

"没关系。如果真的那样了，大不了跳槽。"

"你说得倒轻巧，跳槽了还能得到这么好的待遇吗？"

"既然要跳槽，肯定要往高处走嘛。"

廉太郎直担心女儿得不到与现在同等的待遇，惠子则完全相反。只不过廉太郎生在为公司奉献一辈子的年代，很难理解这种候鸟迁徙一样的工作方式。

"社会可没你想象的那么好混。"他忍不住挖苦道。

"也许吧。不过我也专门为此练就了一身混社会的本领。"

惠子叉着腰，仰脖喝完了奶咖，一脸不卑不亢，坦然自得的表情。

"再说了，我的职业人生还有二十多年呢。请四十天假怎么了？一转眼就能补上。"

惠子很有信心，知道区区四十天休假不会给自己的履历造成任何影响。也许正因为她坚持磨炼自己，拥有了到哪儿都能适应的能力，才会像现在这样。相比廉太郎投身工作只为了"不让同事超过"，二者的视野显然不一样。

"而且，现在妈妈比工作重要。爸爸也是这样想的，才辞掉了工作不是吗？"

"啊，嗯。"

这个跟那个不一样。廉太郎只是感到工作走到了尽头，再也没有被别人需要的感觉，最后连假装空虚都做不到，才以杏子的病为借口退下来了。

如果杏子在他退休前发病，自己真的会请看护假吗？也许他会认为这个时候不能休息，依旧坚持工作。他会担心请了看护假，上司对自己印象不好。

比起长年相伴的妻子，他还是会选择工作。想到这里，廉太郎露出了自嘲的微笑。

他父亲去世时，也正值工作繁忙的时期。他记得自己抱怨过一句"怎么不能挑个别的时候"，结果被姐姐狠狠抽了一巴掌。

团块世代人口众多，从出生那一刻起就被卷入了竞争的狂潮。进入社会后，竞争会变得越来越激烈，每个人都被逼着上进。他完全可以将一切归咎于那股风潮，指责时势造就了他现在的思想。

尽管如此，他依旧是个烂人。

难怪美智子会讨厌他。以往那些歇斯底里的话语，如今尽数沉入了心底。他真心以为自己在为家人努力工作，到头来满脑子只想着自己。

"爸，怎么了？"

见廉太郎停下脚步，惠子关心地问了一句。无论作为社会人还是单纯的人，这个女儿都比他做得好。廉太郎猛然意识到，其实轮不到他这个没出息的父亲为女儿操心。

"没什么，就是觉得你很厉害。"

他如实道出了想法，听得惠子疑惑地皱起了眉。不是她说要把心里话原原本本说出来嘛。

"快走吧，我饿了。"

廉太郎扔掉空罐，走了起来。


也许因为超市的广告歌曲调简单，听上几遍就会在脑子里萦绕不散。现在每天都要逛一遍,廉太郎早已把副歌部分记得滚瓜烂熟。他推着小车,下意识地跟着哼唱起来。

超市是个蛮有意思的地方,在这里可以观察到物价的动向、气候的变化和季节的迁移。这家超市周边没有竞争对手,所以定价比较强势,但也很讲究新鲜程度。

"竹笋好便宜啊。你会做竹笋饭吗?"

廉太郎扫了一眼蔬果区,目光停留在附赠小袋米糠的竹笋上。他想起来,今年好像还没吃过竹笋饭。杏子教他做了味噌汤和简单的炒菜,另外就是煮粥,然而他不知道如何处理竹笋。

"我会做,不过去涩很麻烦。"

"是吗?"

竹笋饭、炖春笋、土佐煮、青椒肉丝。每到竹笋的季节,杏子就会变着花样做这种料理。不仅如此,她还会煮很多竹笋做成罐头保存起来。现在回想起来,做那些应该很费功夫。

"如果爸爸愿意帮忙,我可以考虑。"

"哦?行啊。"

廉太郎点点头，拿起竹笋放进篮子里。只可惜这种食材膳食纤维太多，不能给杏子尝尝。中午给她做乌冬面，晚上就用鸡小胸做粥吧。

他边走边想，在面食区停下了脚步。三个装的乌冬比单个装的乌冬划算，他毫不犹豫地拿了起来。

"买两个就够了吧？"

惠子拿着一袋茼蒿追了上来，又拿了一袋鱼糕，一同放进篮子里。

"妈妈吃不了太多，把我的分一点给她就好。"

杏子的食量越来越小了。像乌冬这种粗面，只需挑出三根夹断成好入口的长短，便足够应付一顿。

吃这么少真的好吗？不会让她更衰弱吗？廉太郎很不放心地询问过医生，却得到了"其实相反"的回答。

"是因为病情恶化导致身体衰弱，食量才随之下降了。"

所以杏子吃得很少，也不怎么需要喝水。她的身体已经消耗不了那么多营养，打点滴补充只会徒增身体负担，反倒让胸腔和腹腔的积水恶化，令其全身肿胀，痰也变多。

眼看着杏子日渐衰弱，廉太郎实在心疼，很想给她打点滴维持营养。然而医生说这样只会加剧患者的痛苦，他也只能放弃了。也许，这就是迈向死亡的过程。

不过，杏子今天正好不怎么难受，也许能吃下半块面。廉太郎凝视着三块装的乌冬，心中暗想。

"还是买这个吧，剩下了也能冷冻起来。"

也许乌冬最后还是会剩下一块，几个月后被他从冻柜里找出来，最终独自吃掉。虽然能预料到这个结果，可他还是忍不住产生一丝希望。

惠子呵呵笑了，声音酷似杏子。

"笑什么？"

"没想到爸爸有一天竟然会说出那么家庭主妇的话来。"

"要你管。"

"最近爸爸总是语出惊人，太好玩了。"

廉太郎哼了一声，推车走开。

"我在夸你呀。"惠子耸耸肩跟了上去。

他听见惠子在后面哼歌，是超市的广告曲。廉太郎此时才发现，原来自己也哼着同一首歌。

## 三

进入五月,杏子全身疼痛和倦怠的感觉越来越频繁了。

有时保暖和按摩能够缓解疼痛,但医生判断一般镇痛剂已经无法控制疼痛,还是给她开了阿片类镇痛剂。

光听"阿片"这个词,廉太郎有些害怕。但是医生给他解释,在疼痛状态下使用这类药物可以抑制多巴胺释放,但不会中毒。他拿到的处方是口服药,本以为要在关键时刻才用,没想到竟与普通口服药一样,是每天定时服用。

开始用药后,杏子每天都异常困顿,不过三天后好像就适应了。接下来的日子,她就不再困得睁不开眼,身体的疼痛似乎也有所缓解。

"真的不痛吗?你可别忍着。"

眼下正在放长假，美智子却跑了过来，守在母亲的床边。廉太郎正在厨房清洗早饭的餐具，没听见杏子的回答。

"那就好。妈妈你太能忍了，搞得我特别担心。"

他把洗好的餐具倒扣在沥水篮上，擦干了双手。其实他很注意不让杏子勉强自己，然而美智子并不信任他。就算他说没问题，也只能换来一声嗤笑。

自从改为居家疗养，美智子也经常过来。工作日会来上两三次，等孩子差不多放学回家了再离开。

以前，她周末总有一天会带外孙过来，不过三个男孩子凑在一起实在太吵，最近就不怎么带了。杏子之前应该说过，让美智子放长假期间跟家人待在一起，但是她从惠子那里听说妈妈开始服用阿片药物，还是放心不下，赶了过来。

"哲君带孩子们去铁道博物馆了。嗯，我们去赶海了，还搞了烤肉，玩了水上运动。"

应该是杏子在问几个外孙的情况。"我都累死了。"美智子笑着回答道。她的脸颊和鼻头都有点发红，就是这几天太阳晒的。原本她皮肤很白，这么一晒反倒更显眼了。

美智子一来，廉太郎就坐立不安。因为外孙不在，他不需要去隔壁家回避。但美智子依旧不跟他说话，应该还在生气。若是有话要说，她都会假装对杏子或惠子说。

就像这样：

"妈，惠子去哪了？哦，你不知道？她到底去哪了呢呢？"

"她出去晨跑了。"

"啊？妈，惠子以前有那么爱运动吗？"

她始终不看廉太郎，一直保持跟杏子对话的姿势。廉太郎觉得女儿这样做实在太阴险了，却连指责的气力都没有。

他快速收拾好厨房，穿过起居室走进院子里。

由于担心杏子的病情突然恶化，这段时间他既不敢钓鱼也不敢去下棋。现在每天唯一的乐趣，就是数数蔷薇冒出了几个花苞。

也许惠子的慢跑也属于这种性质。虽说早已做好了心理准备，但每天看着母亲渐渐衰弱，她自己也会感到越来越疲惫消沉，所以要积极运动身体，打消抑郁的情绪。

就算有两个人轮班,那也是不分昼夜的看护。惠子竟然还有余力出去跑步,看来还是年轻好。

廉太郎也想练练空手道的架势,但又担心年龄大了练出什么毛病来。辅助移动、辅助入浴、翻身、按摩,这些看护工作大多是力气活,他可不能在这个节骨眼上弄伤自己。

如果只是打理蔷薇,就不用担心那么多了。杏子说蔷薇要等到黄金周结束后才迎来花期,但不知今年花期会不会延后。因为藤上虽然长了花苞,但都紧紧闭合着,看不出要开的样子。

也许因为每天都翘首企盼,才会感觉花期变迟了。加上医生提醒过,杏子可能随时陷入昏迷状态,这下廉太郎更焦急了。

如果疼痛进一步加剧,医生就要使用镇静药物降低意识水平,让杏子难以感知疼痛。一旦那个状态持续下去,就算花开了,她也无力欣赏。

请你们快点开吧。他很想对着这一墙的花蕾合掌祈祷。

尽管如此,廉太郎还是没找到含苞欲放的花蕾,只能气哼哼地往回走。

"啊!"

就在那时,杏子发出了一声惊呼。

他慌忙跑进起居室,发现杏子已经不在床上,通往走廊的拉门敞开着。

他又跑到走廊,只见杏子由美智子搀扶着,呆立在那里。

"怎么了!"

他还没开口,就闻到了一股异味,随即发现杏子脚边多了一摊水,散发着温热煎茶的气味。她的睡衣裤裆已经湿透,还滴滴答答地往下滴水。

"啊,啊啊啊……"

杏子深受打击,口中只剩下了哀叹。

原来她要上厕所,但是没赶上。意识到情况时,廉太郎顿时感到胸口发闷。

之所以选择起居室作为杏子的病房,本来就是因为那里离厕所最近。如果住在二楼的房间,她来来去去可能会不方便。

换到起居室,上厕所就只需横穿一条走廊。虽然杏子的行动能力大幅减弱,但在家人的搀扶下,此前一直都没什么问题。

终于还是发展到这种地步了吗？廉太郎深感自己的无力，紧紧闭上了眼睛。

"妈，没关系，没关系的！"

美智子最先回过神来，抓着杏子的肩膀鼓励道。

"是我太磨蹭了，对不起。"

女儿情急之下的温柔深深打动了廉太郎。杏子都被打击得说不出话了，如果家人不振作起来，她肯定会更不知所措。

"我们慢慢来。能走动吗？去冲个澡吧。"

美智子牢牢扶着杏子的腰，领她走向更衣间。总被廉太郎嘲讽越来越胖的手臂，此时看起来无比可靠。

"爸，剩下的拜托你了。"

"我、我知道了。"

廉太郎像被人解开了定身咒，用力点头。

抹布，抹布呢？振作点，现在不是发呆的时候。

他像个强忍着眼泪的迷路孩子，打开了洗手池底下的储物柜。


与手忙脚乱的廉太郎不同，美智子的动作非常麻利。

她帮杏子冲了澡换好衣服，接着就开动了洗衣机。

随后,她把杏子交给廉太郎,吩咐他"带妈妈去床上躺下",自己则去走廊打电话了。

过了一会儿,惠子晨跑回来,手上还提着药店的袋子。里面是贴在内裤上的尿垫,应该是美智子让她买回来的。

"妈,你先贴上这个就放心了。嗯,就是为了以防万一。如果嫌闷着难受,咱就不贴了,好吗?"

如果直接买纸尿裤,可能会让杏子更难受。不过女性早就习惯了生理用品,见到是贴在内裤上的款式,杏子也不怎么抗拒。

"姐,还好你在。"等杏子睡下了,惠子便坐在餐桌旁,手肘撑着下巴,感慨地说,"要是换成我,肯定吓得不会动了。"

惠子习惯了职场,从未遇见过无法自主管理排泄的人。顶多是喝醉了酒把吃进去的东西吐出来。她跟廉太郎一样,面对下半身的失控无所适从。

"我毕竟是三个孩子的妈呀。"

美智子往不锈钢碗里敲了个鸡蛋,拿起打泡器搅拌。她准备做点布丁,看杏子能不能吃下去。

廉太郎看着她的动作，喃喃道："了不起。"

看到母亲失禁，她也能立刻行动起来，甚至照顾对方的感受。也许正是在这种场合最能体现美智子的力量。

"怎么突然夸起人来了。"

美智子一边做焦糖，一边笑了起来。自从刚才情急之下喊了一声爸爸，她好像就不再无视廉太郎了。

白砂糖的焦香味弥漫开来，廉太郎想起了杏子常在星期天早晨做的松饼。

其实他想多睡一会儿，然而房门挡不住楼下飘来的香气和女儿们欢笑的声音。他真想回到过去告诉那个烦得捂住脑袋睡回笼觉的自己：其实这就是幸福。这么些年，他丢失了不少宝贵的东西。

"美智子和惠子都很厉害。"

廉太郎一辈子都为自己活着。跟他比起来，两个女儿简直温柔又强大。她们沐浴在杏子毫无保留的关爱中，都长成了无可挑剔的大人。母亲的爱就像飘荡着甜香的星期天早晨，融入了满满的蜂蜜里。

"要感谢妈妈啊。"

杏子曾哭着向他道歉，说要抛下他一个人了。然而，他并不是一个人。他之所以没有被孤独压垮，而能勉强支撑，全都多亏了美智子和惠子。

"哎呀，你怎么突然这样说话了。"

"喂，你可别在这个节骨眼上痴呆了呀。"

虽然他不指望这种时候还能得到原谅，但女儿们的反应还是太呛人了。不，也许她们也有点适应不过来。

"你看你，说什么怪话，我焦糖都做坏了。"

刚才还馋得人直流口水的甜香变成了一股焦臭。美智子气得直哼哼。

"你这是在找借口。"

廉太郎举起双手表示投降。今后每次把食物烧煳，他一定会想起这个场景。

他悄悄把很快就要变成过去的"这一刻"，存留在了记忆中。

## 四

那一夜,廉太郎被护理床的吱嘎声吵醒了。

为了防止意外,屋里一直留着灯。昏黄的灯光中,他看见了杏子坐起来的身影。

"怎么?上厕所吗?"

廉太郎也起了身,半跪在床边问道。

廉太郎和惠子每晚轮流睡在起居室,一是为了搀扶杏子上厕所,二是随时应对突发情况。

也许因为精神紧绷,廉太郎每次轮班都睡不熟。如果没有惠子,他恐怕早早就累垮了身体。此时此刻,他非常感激女儿请了看护假。

杏子攥着护理床的扶手,想把双脚挪动到床边。廉太郎担心光线太暗发生意外,就开了大灯,然后伸手撑住杏子腋下。

"好，慢慢来，慢慢来。"

他帮助杏子一点点挪动身体，总算站了起来。动作如此缓慢，也难怪她会来不及走进厕所。

"能站稳吗？"

仅仅是换了个方向，杏子已经累得倒在了廉太郎身上。她说美智子做的布丁好吃，晚饭时吃了三口。仅靠这么一点热量，也许站起来都很困难。

"如果受不了，就在这里解决吧。"

惠子听了美智子的推荐，给杏子贴了尿垫。包装袋上说，一片可以吸收两次尿量。

"不，那怎么行。"

杏子扶着廉太郎的肩膀，然后紧紧握住。

她的力量变得十分微弱，但还是坚持要站起来。

"知道了，准备好就告诉我。"

杏子的腋下有点烫，兴许是发烧了。如果硬拽起来，她有可能会不舒服。于是廉太郎弓着身子，配合她的呼吸准备发力。

他等了一会儿，杏子还是坐在原地喘气。由于姿势不太自然，他觉得腰有点痛了。

"不好意思。"

他松开杏子,抻直了身体。眼角余光瞥到时钟,现在是夜里两点四十五分。

"杏子啊,别太勉强了。"

他说这句话是为了关心杏子,而不是因为自己很困。体力衰退得这么厉害,万一走不稳摔跤,那就得不偿失了。他听说接受过抗癌药治疗的人骨头很脆,本来就生命垂危,再闹个骨折出来,肯定凶多吉少。

然而,杏子扶不到廉太郎的肩膀,便去扶病床护栏,硬要站起来。

"喂喂……"

他忍不住把杏子按了回去。

她已经瘦得一点肉都没有了。凸起的颧骨上只绷着单薄的皮肤,满脸都是不甘心的表情。

"请让我再勉强自己这一次。"

"你嗓子都哑了,还说什么呢。"

这女人怎么偏偏在这种时候倔强得很。

廉太郎不禁叹息。紧接着,杏子抬起显得异常大的双眼瞪着他说:"我心里清楚,就算再怎么逞强,到最后还是要用纸尿裤。"

此时此刻,她的生命力也在不断流失,但是目光格外有力。

她正在燃烧生命的内核。尽管已经时日无多,但她正在散发着最后的光辉。

"但我还是想坚持,不到万不得已的时候,绝不舍弃作为人的尊严。"

杏子心意已决,蹙着已经变得稀疏的眉头。

廉太郎也跟着皱起了眉。

杏子拒绝延命治疗,就是为了守住为人的尊严。她不希望自己被连接在一大团管线上,只为那一口气活着。

可是,人的身体和头脑总有一样会先行衰退。如果能同时断电迎来死亡,那当然是好事,然而那种人十分罕见,只是虚幻的理想。

"你说,有尊严的死究竟是什么?"他并非出于什么意图,而是真的不明白,所以才发问,"人不就是带着浑身秽物降生,又带着浑身秽物死去吗?"

就算变成那个样子,也不会损害杏子的尊严。她是廉太郎最棒的妻子,是女儿们伟大的母亲。这样的死绝不可怜。

"那你愿意给我换纸尿裤吗?"

"嗯，只要你不介意。"

"骗人。你连孩子的纸尿裤都没换过。"

杏子艰难地笑了起来。也许因为说了太多话，她的目光渐渐失去了力量。

"'只要我不介意'，我当然介意啊。这么丢人，谁受得了！"

杏子攥着护栏的手回到了腿上，人也松懈下来。她已经到了憋尿的极限。

"算了，我就在这里上。大半夜的这么吵，真不好意思。"

"等等，你再憋一会儿。"

"啊？"

杏子露出惊讶的表情，廉太郎已经搂住了她的腋下和膝下。如果只用腰力有可能受伤，于是他用全身的力气抱起了杏子。

"哇！"

杏子被他打横抱起来，慌忙搂住了廉太郎的脖子。

"你干什么呀，弄伤了腰怎么办？"

"你这么轻，怕什么。"

这不是哄骗，是杏子的身体真的很轻。廉太郎甚至怀疑，他每次钓鱼回来拎的冰盒都比她重。

"这不是公主抱吗？好害羞呀。"

"有什么好害羞的，这里又没别人。"

他在这辈子唯一的婚礼上都没做过这种事。当时出席的同事对他起哄，要他去抱，他也只不过反驳了一句："谁要抱啊！"

没想到现在七十岁了，他反倒这样抱起了妻子，心中还有一丝快乐。

"你放心，我会守护你的尊严，直到最后。"

此时此刻，廉太郎觉得自己无所不能。他抱着杏子，好不容易打开了拉门。

"哎？"

走廊亮着灯。奇怪，他睡前应该关了灯。廉太郎左右环顾，发现惠子站在电灯开关旁。

"啊——"

他没想到女儿竟会站在那里，一时间尴尬得脖颈发烫。

"不好意思，我听见说话声了。"

惠子看到年老的父母如此亲密，好像也有点尴尬。为了缓和气氛，她露出了含糊的笑容。

"不，你别多想，是你妈妈要上厕所。"

他辩解的声音略显尖厉。惠子一言不发，走在前面打开了厕所门。

"请吧。"

女儿转过身，示意他进去。杏子过于害羞，已经把脸埋在了廉太郎的肩膀上，气愤地说："真是的！"

也许刚才的愤怒和害羞让她耗尽了心力，杏子上完厕所便昏睡过去了。

廉太郎只留下一盏昏黄的小灯，盯着她看了一会儿。杏子的呼吸异常缓慢，但还算平稳。幸亏她没有呼吸困难的症状。

惠子也回房睡了，二楼没有任何动静。

廉太郎已经彻底清醒，便轻手轻脚地走进了厨房。

他想喝点什么平复亢奋的神经，就在杯里放了一点冰块，从橱柜里拿出威士忌。

他又顺手拿出了菜谱架上的护理用品图册，走到餐桌旁落座，然后开始翻阅。

很快，他就找到了移动式厕所的页面，于是拿起桌上的老花镜，仔细阅读起来。

月租费用是二千一百六十日元，用于接排泄物的桶必须买断，同样是二千一百六十日元。两者加起来也不算贵。看护保险还能报销一成的费用，只不过他们还没等到看护认定通知。

廉太郎暗骂这个制度真没用，接着抿了一口酒。烟熏的香味穿过鼻腔，安抚了兴奋的神经。刚才他做了这辈子从没做过的事情。虽然脖颈还有些发热，但他决定归罪于酒精。

他实在不好意思当着女儿的面抱杏子走路，因此才想起了产品图册上的移动式厕所。

把这个放在床边，就不用发愁移动问题了。只需要稍微搭把手，就能让杏子安全地完成那个动作。

问题在于，必须有个人将排泄物拿去厕所冲掉，然后清洗容器。廉太郎自然不在意做这些事，但杏子可能会抗拒。

杯里的冰块融化，发出了悦耳的轻响。他用别人送的巴卡拉水晶杯喝单一麦芽，脑子里却在想这些问题，真是可笑。

决定了。家里备着这东西能在关键时刻派上用场，等白天上班了就打个电话咨询吧。至于要不要用，杏子可以自己决定。

送货需要一周时间。廉太郎将移动式厕所那一页折了角,合上图册。

然而,厕所最后还是没能派上用场。

## 五

从第二天起,杏子就起不来床了。又过了一天,她开始说胡话,上门看诊的医生轻声告知廉太郎:"也许只剩下一周了。"

这是晚期癌症的患者在临终时极易产生的谵妄症状。医生离开后,杏子一直处在半梦半醒的状态,口中不时念念有词。入夜后,她突然大喊一声:"我要做咖喱!"

"咖喱,我要做咖喱。甜口的咖喱!"

杏子平时都做中辣的咖喱,只在女儿们还小时做过甜口的。也许她在幻觉中回到了往年的生活。

她的胡话渐渐变成了"我想吃咖喱",尽管很怀疑杏子能否吃下去,惠子还是做了咖喱。给小孩子吃的甜口咖喱。廉太郎扶着杏子坐起来,但她已经拿不起勺子,于是他又喂她吃了。

吃了两口,杏子像孩子一样微笑着说"真好吃",接着就吐了出来。

不一会儿,杏子又说"上厕所"。廉太郎顾不上害羞把她抱了进去,但也没出来多少。第二天,美智子就把家里的事情托付给婆婆,回到了娘家。

最后那几天,父女三人一直陪在杏子床边。杏子的意识水平已经严重下降,甚至用不上镇静剂了。虽然她一直处在昏昏沉沉的状态,可是惠子一放古典音乐,杏子的表情就会缓和一些。

"就算病人不能做出反应,心里也知道大家陪在身边,请轻声对她说说话,或是轻轻抚摸。"

听了护士的话,一家人干脆都挤在起居室陪杏子一起睡了。这样的人口密度堪比上大学时的合宿,女儿们也在廉太郎面前罕见地露出了放松的表情。美智子带来了薰衣草香味的乳霜,三人分头为杏子涂抹了全身,杏子则露出了舒适的表情。

杏子稍微恢复一点意识,他们就会给她喂苹果泥,杏子也会吃下一些。如果嘴唇干燥,就用脱脂棉蘸点水润湿。这样就足够补充水分了。

　　他们按照护士的推荐，给杏子穿上了粘贴式的纸尿裤。但是因为吃喝极少，几乎没什么排泄物。看来，杏子至少保住了她所谓的尊严。

　　"选在家里真是太对了。如果住院，我们肯定不能一直陪着。"

　　惠子靠在看护床边，面容远比实际年龄要年轻。面对母亲的临终，两个女儿都没有表露出伤感，反倒十分平和。廉太郎也一样。无论昼夜，他心里只有对杏子的感激。

　　他们一家四人何曾相处过这么长的时间呢？现在，他们就像包裹在羊水中，过得平静而温暖。这温馨的一刻，定是杏子留给他们的最后礼物。

　　虽然她对呼唤没有反应，但听力尚未衰退，于是他们就尽量对杏子说话。记忆中的杏子，总是带着温柔的笑意。

　　"你知道妈妈为什么选择了爸爸吗？"

　　美智子突然问了一句。廉太郎的确不知道。

　　"可能是她上司推荐的？"

　　惠子似乎也知道问题的答案。两个女儿对视一眼，呵呵笑了起来。

"你们相亲后，第二次约会不是去了套餐店嘛。"

是吗？他只记得当时肚子饿，随便选了一家店。

"妈妈见你把鲽鱼干从头到尾都吃了，觉得你这种人一定能长寿。"

"什么意思啊？"

他觉得这是玩笑话。因为这种理由选定结婚对象，未免太无欲无求了。她若是有意，肯定能找到带她去高档饭店吃饭的对象，或是能聊得来的对象。

"你们这个妈真是笨蛋。"

"嗯，我也觉得她选男人的眼光有问题。"

听了美智子的挖苦，廉太郎并不生气。因为大家都在笑。他们虽不是关系亲密的父女，但此刻都有同样的心情，希望送杏子快快乐乐地上路。


杏子卧床不起的第六天早晨，廉太郎察觉到异常，醒了过来。透过院子一侧的纸门照进来的亮光，他知道现在还是清晨。

美智子和惠子躺作一团，还在睡梦中。他搞不清究竟哪里有异常，便撑起身子想接杯水喝。他不经意间看向护理床，接着心里一惊。

杏子躺在床上，双眼圆睁，定定地看着合上的纸门。

"怎么了？"廉太郎问了一句，没有得到回应。于是他站起来拉开纸门，却见杏子颤颤巍巍地露出了笑容。

那之后，她就再也没有恢复意识。

杏子的呼吸越来越浅，越来越凌乱。当天傍晚，她被两个女儿一人握着一只手，安静地离开了人世。

最终章

# 忏悔

遵照杏子的临终笔记，他们办了一场小小的家庭葬礼。虽然费用不多，但他坚持选了大朵的蔷薇纳入棺木，因此超出了基本套餐的规格。

"这样太浪费钱了。"廉太郎脑中浮现出杏子说这句话时无奈的表情。

"这样也好呀。"

这是丈夫第一次送给妻子的花朵。

出殡前，廉太郎一边用蔷薇花装饰杏子的遗体，一边在心中辩解道。杏子穿着美智子说的那身"妈妈最喜欢"的连衣裙，脸上带着女儿们仔细画上的妆容，似乎泛起了一丝红晕。

葬礼期间，廉太郎始终心情平静。尽管杏子已经骨瘦如柴，不再是他见惯的模样，但他心中还是充满了对她的感谢。两个女儿虽然眼中含着泪，但表情也十分柔和。他不禁感慨，一家人最后能过得如此融洽而亲密，真是太好了。他们都做好了准备，得以平静地接受杏子的离去。

然而三个外孙第一次面对人的死亡，全都陷入了震惊和恐惧，止不住地哭泣。最年长的飒受到的打击尤甚，啜泣着说："对不起，我没赶上。"美智子帮他把头发束在了脑后，只是还没长到捐发的长度。

他留发时一定在想，要用自己的头发给外婆做假发吧。廉太郎小心翼翼地抚摸着那头带着光泽的发丝，很想对他说："别哭了，你可是男孩子啊。"

但是他没有说出来。因为失去亲人的悲伤不分男女。何况他自己也沉浸在深深的失落中，痛悔没能为杏子做点什么。

"没关系，外婆知道飒是个懂得他人痛苦的孩子，心里可高兴了。你的心意一定能传达给需要它的人，所以不用道歉。"

掌心传来了阳光般的温暖。对啊，孩子的身体总是火热的。他们体内充满了未来可期的能量。廉太郎感觉自己正在触碰令人敬畏的东西，不由得紧张起来。这孩子将来一定是个重情义的人,希望他能尽情地成长。

他抬起头,发现美智子站在不远处监视,看来只要廉太郎说错一句话,她就会立刻过来阻止。对上他的目光后,美智子抱着手臂,轻轻挑起下巴,一副"勉勉强强"的表情。

"什么啊!"

廉太郎有苦说不出,却感到心中渐渐释然。

父女三人带着杏子坐上出租车回家了。

杏子的兄长夫妇从茨城赶来,吃过斋饭就走了。几个外孙待不住,也被哲和君和爷爷奶奶带走了。廉太郎的姐姐因为腿脚不便和离得太远,只打了吊唁电话。

紧张感松弛之后,汽车的晃动让廉太郎昏昏欲睡。

他紧紧抱着放在膝头的骨灰盒。虽然只剩下这一点几乎可以忽略的重量,但他依旧能感觉到杏子的气息,腹中腾起一股暖意。

他们还没来得及参观杏子相中的灵园,也许应该过段时间再下葬。何况,他一时也无法放开这仅剩的纪念。

"不好意思,请在第二个路口向左拐。"

惠子借口东西多,坐到了副驾驶席,顺便给司机指路。他睁眼一看,车已经开到了家附近。

身边的美智子也对着窗外,呆呆看着不断流动的景色,怀里还搂着放了遗照的包。他们翻遍了家庭相册,都找不到一张杏子的单人照,便用息吹满月时带他去神社参拜的照片请人裁成了遗照。

因此,遗照里的杏子略显年轻,脸上还有圆润的弧度。廉太郎看照片时,竟觉得杏子的脸看起来有些新鲜,同时后悔没为她多拍几张照片。因为他从未想过,理所当然的日常有一天会迎来终结。

出租车开始减速,最后停在了家门口。惠子说她来付钱,于是廉太郎跟着美智子下了车。

"妈妈,我们到家了。"

美智子走在前面,打开了家门。西斜的太阳照亮了院子里的绿意。听见美智子迎接母亲的口吻,廉太郎顿时确信,其实杏子还在身边。

惠子付完车钱走下来,与美智子一左一右地跟着廉太郎走进家门。他闻到一阵甜香,目光转向院子里的蔷薇,发现底下生出了一些杂草。

"你拿着这个,先进去吧。"

他将骨灰盒交给惠子,卷起了丧服的袖口。

"哎,先换了衣服再去吧。"

"马上就好。"

眼里有了事情,他就得立刻做好。等到换好衣服,他恐怕连站都懒得站起来了。

现在这个时节,只要稍有疏忽,杂草就会长得老高。万一草叶上的叶螨跑到蔷薇藤上,那就麻烦了。因为平时打理得勤,地上的杂草没有几根,三下两下就能清理干净。

"没想到爸爸这么积极。"

背后传来美智子无奈的声音。廉太郎顾不上丧服,走到墙边蹲了下来。

白色的蔷薇在风中轻轻摇摆。

前几天他还在焦急地等待开花,这两天太阳一晒,花竟开了满墙。天气这么热,难怪穿丧服会出一身汗。

"呼。"

他拢起拔下来的杂草,拍拍手站起身,敲了敲酸痛的腰。

杏子才走了三天,他却觉得过了很久。也许是守夜和告别仪式的准备太忙碌了。此刻,他站在蔷薇花前,有点想自己一个人待着。蔷薇毫无保留地绽放着,洁白一片,没有一丝瑕疵。

他很清楚这是个奢侈的愿望。因为美智子今晚就要回家,惠子的假期也没剩几天了。街坊邻居可能会上门慰问一段时间。等到一切平息下来,他就真的只剩下一个人了。而且今后将一直如此。

娇艳的蔷薇轻轻摇摆,仿佛在担心他:"没问题吧?你一个人真的能行吗?"

"嗯,没问题。"

他低声喃喃道。杏子牺牲了所剩无几的时间,已经教会他如何一个人生活。廉太郎点了点头。他能在这个家独自生活下去,直到身体或大脑开始罢工。

只是,若感到寂寞……

"这个恐怕习惯不了啊。"

他说出了声音。尽管如此,他还是会想办法过一天算一天。想到这里,廉太郎嘴角挂起了一丝难以下咽的苦涩。

"你要习惯什么?"

背后突然传来声音,吓得他险些跳起来。是美智子。她已经换上了T恤和牛仔裤。之前就说丧服的腰不合适，不得不用安全别针扣起来，她恐怕早就想脱掉了。

"干什么，吓我一跳。"

"是你发呆太长时间啦。给，盐。"

"哦，谢谢。"

廉太郎接过辟邪的盐，放进了口袋里。

"你不用吗？"

"嗯，总觉得像是驱走你妈妈。"

"听说净盐驱走的只是伴随死亡而来的邪气，而不是亡魂。"

"是吗？"

他参加过几场亲戚朋友的葬礼，得到的伴手礼中多数没有净盐。每逢那种时候，杏子都会去厨房拿盐给他。

"不过惠子没撒盐就进门了，房子里可能都是邪气。"

惠子不怎么讲究这些迷信。

"那家伙啊，光靠身正气就能驱散邪气了。"

"也许邪气根本不找她。"

父女俩背着小女儿说笑了好一会儿。虽然近乎苦笑，但美智子还是对廉太郎露出了笑容。这在不久以前，还是难以想象的事情。

"你说，妈妈看见蔷薇开花了吗？"

美智子将被风吹乱的头发挽到耳后，小声嘀咕道。她心情平静时，声音真的很像杏子。

"嗯，她确实对着蔷薇笑了。"

"是吗？太好了。因为妈妈期待好久了。"

杏子离世那天清晨，他发现蔷薇开花了。见到杏子醒来，他仿佛接收到了信号，拉开通往外廊的纸门。那一刻，他看见三朵洁白的蔷薇绽放在晨光中。杏子应该也看见了。

也许，她一直默默支撑着自己，要等到开花那一刻。不，一定是这样。多亏了蔷薇，杏子的生命又延续了一段时间。

他满怀感激地轻触花瓣，指尖传来一丝清凉，就像杏子刚起床时的耳垂。她虽然不是值得大书特书的美人，但耳垂的形状很漂亮。

"爸。"

他感到美智子的目光集中在自己轻抚花瓣的拇指上。女儿假装不经意地说了下去："现在只剩你一个人，不如每个月到我家吃一顿饭吧？"

她的语气听起来格外傲慢。廉太郎还没来得及生气，心里就充满了惊愕。美智子见他大张着嘴不说话，便瞪了他一眼："干什么？"

"没什么，只是在想这合不合适。"

"有什么不合适？你就当定期体检吧。你不至于没力气到我家来吧？"

美智子家最近的车站是驹込站。虽然有点远，但当然不至于去不了。廉太郎挺起胸膛逞强道：

"别太小看我。"

"是吗，太好了。我年纪也大了，带三个孩子过来这边真的很累。"

美智子装模作样地摸了摸脸，咧嘴一笑。

糟糕，上当了。原来她只是想省去拖家带口移动到春日部的麻烦。不过她似乎真的在关心廉太郎的健康，甚至愿意让他见到外孙。

这不算和解。美智子只是对刚成为鳏夫的廉太郎报以了同情。他既为这个结果感到高兴，心中又有丝抗拒。

"动不动就累，不会是更年期了吧？"

话一出口，脑中的杏子便摇起了头，还对他说："又多嘴了。"果然，美智子冷静的脸上突然闪过了凶光。

"还早得很。"

"但你也要注意。你妈妈更年期挺辛苦的。"

虽不知道这种事情会不会遗传，但母女俩的体质应该多少有相似之处。所以他对美智子发出了忠告。

"你说什么呢，妈妈几乎没有更年期。"

"什么？"

那不可能。当时杏子整天情绪不好，而且很阴沉，有时情绪不稳定，脸上总有哭过的痕迹。廉太郎问她原因，她都说是"更年期"。他听完就放心了，因为这东西无药可治，加上原因不在自己，更是与他不相关。

"哦，我知道了。她一定是用更年期当借口糊弄你。"

美智子眼中的凶光消散了。她看向蔷薇，皱起眉头。

"糊弄我什么？"

"爸爸那段时间不是出轨了嘛。"

那句话仿佛一记老拳，他明显感到自己绷紧了脸。美智子横了他一眼，低声说道："果然没错。"

那只是二十年前的一小段时间。对方是会计部的人，离过一次婚。

两人保持男女关系的时间应该不到半年，而且对方另有喜欢的人。

他也是已婚人士，无法为此责怪那个人，于是他们的恋情就像盛夏的烟火一样消散了。

杏子发现了？

"妈妈告诉你了？"

他突然感到口干舌燥，忍不住摸了一把大腿，擦掉手心冒出的冷汗。

"怎么可能？那样的妈妈绝不会对女儿说这种话。"

也对。杏子从来不在女儿面前抱怨。她甚至也不对廉太郎抱怨。

"但就算妈妈不说，我也发现了。因为你那段时间明显有问题。突然开始注意打扮，把手机带进更衣间，身上还会散发陌生的洗发水香味。太不会遮掩了。"

廉太郎以为自己从来没穿过帮，而且他毫无破坏家庭的意思。尽管如此，那个当时只有三十出头的女人在五十多岁的廉太郎眼中还是显得无比耀眼，让他忍不住犯了错误。

"惠子也知道了？"

"我不清楚。她那时候忙着社团活动和预科班，几乎不怎么在家。"

那件事早已过去了，杏子也成了一捧骨灰。然而，曾经的不忠依旧像定时炸弹般一触即发。

"我都不知道这件事。"

廉太郎擦掉了额头的汗水。美智子则对父亲的焦虑冷眼旁观。

"她说什么了？"

如果杏子发现了，为何没有跟他对质？她可以谴责，可以诘问，可以哭闹，可以归罪呀。

"是我没让她那样做啊……"

当时他还是个血气方刚的壮年，就算明知错在自己也绝不退让，只用咆哮解决问题。

"少啰唆！有意见就滚！我看你能滚到哪里去！"

他能想象到自己的反应。

"搞什么啊，现在我连道歉都说不了。"

如果她在离世前说几句狠话，那样也好啊。那样一来，他就能把这一切归为往事了。

美智子淡然回答道："妈妈应该不想听吧。因为你一道歉,她就得原谅。"

廉太郎惊讶地抬起头。难道杏子一直在恨我?

"可那都是过去的事情了。"

"很难说啊。我记得妈妈就是那段时间开始在挂历上画叉的,不知道跟这件事有没有关系。"

他感到胸口一阵闷痛,仿佛疾病发作。

她说她不知不觉养成了在挂历上画叉的习惯。原来,那是为了划去她与自己相处的日子吗?她始终没有遣责丈夫的不忠,而是将怨恨锁在心底,每日结束时往数字上画一个叉,继而阴沉地凝视着它,笑叹又熬过了一天。

不,不对。这只是我的想象。杏子不是那样的人。

廉太郎熟悉的杏子,会在挂历上画圈,然后说:"嗯,这样很不错。"她还会抱着廉太郎边哭边说:"对不起,我要丢下你一个人了。"也会坚强地说:"绝不舍弃作为人的尊严。"

他感到呼吸困难,不得不大口喘息,接着两腿一软,跪倒在地。

无论怎么咬紧牙关,呜咽还是不受控制。

我这辈子可曾关心过她?

廉太郎代替杏子，恶狠狠地咒骂自己。

美智子凝视着俯伏在地的父亲，始终站在原地，并不上来扶。显然，她就是要让父亲带着悔恨过完余生。

对不起，对不起，对不起，对不起。

丧失了去处的歉意在胸中反复回荡。他一直一直重复那句话，直到最后，心底浮现出了一句"谢谢你"。

今后，每当回忆起杏子，他必定都要重新体验此刻的无助。怀念、歉意、恐惧和感谢混作一团，令他无比苦闷。

好吧。既然如此，我就独自背负着这种苦闷，好好过完剩下的时光。我要始终保持谦逊，忍受寂寞，同时怀抱着幸福，等待你来接我，告诉我"这样就足够了"那一刻。

清风拂过，携着蔷薇的甜香轻抚廉太郎的脖颈，继而散在空气中。

有人拉开了外廊的推窗。

"爸，那个白木牌位——哎，你怎么了！"

惠子露出了罕见的慌张。

又一阵强风吹来，带着蔷薇的香气升上高空。

图书在版编目（CIP）数据

妻子的后事 /（日）坂井希久子著；吕灵芝译. -- 长沙：湖南文艺出版社，2022.3（2022.5重印）
（日和）
ISBN 978-7-5726-0366-2

Ⅰ. ①妻… Ⅱ. ①坂… ②吕… Ⅲ. ①长篇小说—日本—现代 Ⅳ. ①I313.45

中国版本图书馆CIP数据核字(2021)第177614号

# 日和
hiyori

## 妻子的后事
**QIZI DE HOUSHI**

| | | | |
|---|---|---|---|
| 著　者： | 〔日〕坂井希久子 | 译　者： | 吕灵芝 |
| 出版人： | 陈新文 | 责任编辑： | 夏必玄 |
| 封面设计： | 少　少 | 内文排版： | 钟灿霞 |

出版发行： 湖南文艺出版社
（长沙市雨花区东二环一段508号 邮编：410014）
印刷： 湖南凌宇纸品有限公司
开本： 880mm×1230mm 1/64　　印张：5.5　字数：160千字
版次： 2022年3月第1版　　印次：2022年5月第2次印刷
书号： ISBN 978-7-5726-0366-2　　定价：42.80元

版权所有，侵权必究

TSUMA NO SYUKATSU
by KIKUKO SAKAI
Copyright © 2019 KIKUKO SAKAI
Simplified Chinese translation copyright © 2022 by Hunan Literature and Art
Publishing House Co., Ltd.
All rights reserved.
Original Japanese language edition published by SHODENSHA Publishing Co., Ltd.
Simplified Chinese translation rights arranged with SHODENSHA Publishing Co., Ltd.
through Lanka Creative Partners Co., Ltd. And Rightol Media Limited.

著作权合同图字：18-2020-041